www.tredition.de

AF202295

Norbert Willimsky

Pelle und ich sind unterwegs

Kurzgeschichten

www.tredition.de

© 2018 Norbert Willimsky

Verlag und Druck: tredition GmbH, Hamburg

ISBN
Paperback: 978-3-7469-8669-2
Hardcover: 978-3-7469-8670-8
e-Book: 978-3-7469-8671-5

Inhalt

Mein Schreiben

Wenn mich nicht alles täuscht, stammt mein erster Text aus dem Jahr 2004. Zwei meiner Kinder warteten auf eine Eisenbahnfahrt durch den Karlsruher Schlossgarten. Ich sinnierte in Sichtweite über das Erwachsenwerden, vielleicht auch über das eigene Altern. Wer das erste Mal seine Gedanken zu Papier bringt, ist unglaublich stolz und verliebt in die eigenen Ergüsse. Es gibt das Von-der-Seele-Schreiben, das biografische Schreiben, es gibt das unterhaltende Schreiben und das ernsthafte, dokumentarische, journalistische etc. Schreiben.

In einem Buch über literarisches Schreiben fand ich den eindrücklichen Satz: „Niemand interessiert sich für dich, kein bisschen." Wenn wir uns zu einem Leseabend aufmachen, wollen wir nicht die unendlich traurigen Gedanken eines enttäuschten Liebhabers hören (am besten in Versform), oder den totkranken Freund der Autorin begleiten müssen bis zum bitteren Ende. Wir wollen auch nicht wissen, wie sich der Autor (idealerweise durch das Schreiben) selber heilte oder zu sich fand.

Und so bin ich bei einer – wie ich finde - sehr effektiven literarischen Form gelandet: der Kurzgeschichte. Ich hatte bemerkt, dass beim Vorlesen meiner Texte geschmunzelt, manchmal auch gelacht wurde. So entstand die Idee, mit meinen Geschichten zu unterhalten. Intelligent und literarisch ansprechend wollte ich aus dem Alltag, von skurrilen Charakteren oder seltsamen Situationen erzählen und damit gleichzeitig mich und meine Zeit vor dem Vergessen bewahren. Manche meiner Geschichten sind biografisch angehaucht, sie sind mir besonders wertvoll.

Interessant ist, dass ich nur mit Papier und Stift kreativ sein und meinen Gedanken freien Lauf lassen kann. Wenn ich am PC sitze, bin ich sofort im Korrekturmodus, was den Schreibfluss ständig unterbricht. Aber: jeder muss seine Art zu schreiben finden.

Geschichten ins Reine zu bringen, kann dauern. Es macht mir tatsächlich Spaß, immer wieder an einem Text zu feilen, bis er mir sprachlich perfekt erscheint.

Romane? Meine Meinung hierzu ist eindeutig: zu zeitaufwändig, zu viel Recherche, zu viel gedankliche Vorarbeit, zu unsicher der Erfolg. Also bleibe ich bei Kurzgeschichten. Meine Besten möchte ich in diesem Buch vorstellen.

Norbert Willimsky
November 2018

Charaktere

Alles gut!

Schon wieder schlägt eine Tasse klingend gegen eine andere. Ich liege im Bett. Auf dem provisorischen Nachttischbrett sammeln sich Gefäße aller Art. Ich versuche meine Erkältung auszuschwemmen, sie wegzuspülen. Die Nase ist ein roter Zinken, die Haut um sie herum muss bereits offen liegen. Jedes Schnäuzen in ein Taschentuch ist eine echte Herausforderung. Wär ich doch nicht mitgegangen.

„Alles gut", höre ich Sören sagen, wenn ich an ihn denke. „Du legst dich für ein paar Tage ab und danach geht es ganz entspannt weiter. Wo ist dein Problem?" Beruhigungspillen dieser Art würde er mir verschreiben, wenn ich ihn jetzt an die Strippe bekäme. Nur leider: nichts ist gut. Unsere Gipfeltour war ein Reinfall, etwas was auch ein Sören nicht schönreden kann. Wegen dieser Tour liege ich jetzt hier und reihe leere Tassen aneinander.

Punkt 7:00 Uhr stand er auf der Matte, das heißt vor meiner Wohnungstür. Mit Skiern, Snowboard und allem, was dazugehört. Draußen war es noch dunkel. Sören ist ein engagierter Skifahrer. Für mich blieb keine Muße, weder zum Aufstehen, noch zum Packen, noch zum Frühstücken. Sörens Vorgabe: um 9:00 Uhr mit Öffnung der Lifte auf der Piste stehen. Jede Minute zählte für ihn, wenn er im Schnee unterwegs war.

„Ich habe noch nicht einmal gefrühstückt", sagte ich mit einem Hauch von Anklage. „Kein Problem, alles gut", sagte Sören. „Holen wir auf der Piste nach. Kannst du bitte die Heizung aufdrehen?" Das ging leider nicht. Die Autoheizung hatte kürzlich ihren Geist aufgegeben. Sören legte sich seinen Prinzipien folgend eine zweite Zwiebelhaut um. Irgendwann ging mein Gerotze los. An eine Aufwärmpause war nicht zu denken. Wenn wir noch eine freie Stelle am Parkplatz ergattern wollten, mussten wir dranbleiben. Draußen kletterten die Minusgrade in den zweistelligen Bereich. Langsam wurde es Tag.

Einmal griff Sören in das Fahrgeschehen ein. Ich solle nicht so nah auffahren, bat er mich. Er werde sonst furchtbar nervös. Als ich kurz darauf zu ihm rüber sah, schien er sich beruhigt zu haben. „Alles gut", flüsterte er.

Aus Neun-Uhr-auf-der-Piste-stehen wurde natürlich nichts. Wir hatten das Interesse der anderen Skifahrer unterschätzt. Während ich von der Polizei eskortiert den übervollen Parkplatz in Richtung Bergstraße zurückfahren musste, schwoll die Autoschlange am Straßenrand rasend schnell an. Alles war in Bewegung. Wir würden unsere Skier ewig weit tragen müssen, soviel stand fest. Und das bei Minusgraden und in Skischuhen. „Die hinter uns haben es noch schlimmer erwischt", sagte Sören. „Alles gut." Er klopfte mir beruhigend auf die Schulter. „Dieser Andrang war nicht absehbar."

Während wir unter der geöffneten Heckklappe saßen, von parkenden Wagen umstanden, vom langsam vorbeirollenden Verkehr regelrecht eingedampft, musste ich zu meinem Entsetzen feststellen, dass ich die Skihose und die dicken Skihandschuhe in der Eile vergessen hatte.

„Kein Problem", sagte Sören. „Du wirst dich öfter wo reinsetzen und ich drehe meine Runden. Alles gut."

„Sag' doch nicht immer ALLES GUT", schrie ich Sören an. „Nichts ist gut! Alles heute ist richtig scheiße gelaufen. Und darüber möchte ich mich aufregen dürfen, verstehst du? Nichts ist gut!"

„Schon recht", sagte Sören. „Es gibt nichts, was uns wirklich aus dem Tritt bringt. Und wenn eine Lawine abgeht, werden wir einen Weg nach draußen finden. So denke ich wenigstens."

„Alles gut", gab ich mich geschlagen. „Passt schon, lass uns hier wegkommen, sonst ersticke ich noch."

An diesem Tag, an dem nichts gut war, sondern alles schiefging, muss ich mir diese üble Erkältung eingefangen haben, weswegen ich jetzt hier liege. Plötzlich klingelt das Handy. Es ist Sören, und ich weiß, was er gleich sagen wird.

(nw, 04.01.2014)

In der Gruft

Die Geschichte erschien im "Neuen Karlsruher Lesebuch", 1. Auflage 2010.

Mit leisen, ehrfürchtigen Schritten nimmt die Besuchergruppe die steinernen Stufen hinab in die Gruft. Ein kühler Lufthauch schlägt den sommerlich Gekleideten entgegen. Es riecht nach Tod. Nach jahrhundertealtem Tod.

Das Gemäuer ist schlicht. Die Beleuchtung schummrig. Sarkophag steht neben Sarkophag. Die Zwischenräume sind eng. Die rüstige Mittsechzigerin, die die Gruppe anführt, postiert sich neben einem schweren Exemplar vorne in der Gruft. Sie legt eine Hand besitzergreifend auf die dunkle Bronze. „Wir befinden uns hier in der Grablege des sächsischen Fürstengeschlechts. Beginnen wir mit dem Jüngsten, dem zuletzt Verstorbenen. Friedrich August der Dritte soll bei einem Badeunfall ums Leben gekommen sein." Betretenes Schweigen herrscht in der Gruft. „Ich aber sage Ihnen", sie senkt verschwörerisch ihre Stimme wie hunderte Male zuvor an dieser Stelle, „es war kein Unfall." Die Gruppe hält den Atem an. „Es war Mord! Auch wenn die Wissenschaft den letzten Beweis schuldig geblieben ist." Ein graues Haarbüschel fällt ihr ins Gesicht. Sie wischt es zur Seite, während sie erregt die Beweggründe ihrer Theorie erläutert.

Irgendwann unterbricht sie ihre Ausführungen und lässt die Gruppe – so scheint es – kopflos zurück, um Augenblicke später mit einer geschickten Wende zwischen zwei prunkvollen Sarkophagen stehenzubleiben. „Und? Wen haben wir denn da?" fragt sie ohne eine Antwort abzuwarten. „Ich hatte es oben bereits erwähnt." Mit der flachen Hand klatscht sie auf den kalten Stein zu ihrer Rechten. „Hier liegt der Gründerfürst der Residenz. Und da seine Gemahlin." Ein weiteres Klatschen identifiziert den zweiten betroffenen Sarg. „Maria Josepha war eine fortschrittliche Frau, eine Mäzenin, ein Glücksfall für Elbflorenz, wie Dresden auch genannt wird." Dann senkt sie ihren Blick und streicht über Friedrichs Sarg. „Friedrich August war Kurfürst von Gottes Gnaden. Den Kurfürsten alleine war es vorbehalten den König zu wählen." „Friedrich!" ruft sie anerkennend, während sie das graue Haar aus ihrem Gesicht streicht. „Wir sind stolz auf dich!"

Oben im 52 Meter langen Mittelschiff neben der Benno-Kapelle ohne Kuppelfries war die Besuchergruppe bereits behutsam in die Todesproblematik eingeführt worden. Dort hatte sie die jüngsten Tode erläutert, die in der Hofkirche gestorben worden waren. Mit zerbarsten Lungenflügeln soll der Pastor nach den verheerenden Luftangriffen auf Dresden aufgefunden worden sein. Der übermäßige Druck sei es gewesen, der seine inneren Organe zerfetzt habe. Er sei ohne jede Chance gewesen, erklärte sie der Besuchergruppe mit Trauermine.

In der Gruft erläutert sie die Inhalte der restlichen Sarkophage. Sie erwähnt die einzelnen Friedriche und Auguste. Sie macht aufmerksam auf die kleineren Särge. Kinder zumeist, die in jungen Jahren zwar, aber immerhin fürstlich gestorben seien. Sie erwähnt das alles vernichtende Hochwasser vor wenigen Jahren und lässt die Sarkophage vor den Augen der Besucher von ihren Sockeln abheben und - geführt von ihrer Hand - durch die Gruft schwimmen. Manche Särge seien nach dem Rückzug des Hochwassers geöffnet worden. Mit eigenen Augen habe sie die fürstlichen Schädel, Schlüsselbeine und Beckenknochen gesehen, sagt sie stolz, wobei sie mit den Händen die betroffenen Partien am eigenen Körper markiert.

„Aber jetzt", sagt sie aufgeregt, „kommt das Beste." „Haben wir junge Frauen unter uns?" Sie schaut sich um. „Kommen Sie doch einmal nach vorne." Sie bahnt den Verschüchterten einen Weg durch die Gruppe. „Den Rest der Besucher möchte ich bitten aufmerksam zu sein." In der Gruft wird es totenstill. „Hier", sagt sie triumphierend und streicht ihre Haare aus dem Gesicht, „hier in dieser Kapsel befindet sich das Herz August des Starken." Pause. „Hören Sie genau hin!" Die Besuchergruppe lauscht gebannt. Manche haben die Hand an die Ohrmuschel gelegt. „Man sagt", flüstert sie in die Stille, „wenn ein junges Mädchen vorbeilaufe, fange das Herz wieder zu schlagen an. Hören Sie es?"

Mit der Bitte um eine Spende stellt sie sich abschließend an den Ausgang der Gruft, wo sie jeden

Passierenden eindringlich mustert und jede klin-
gende Münze dankbar würdigt.

(nw, 21.04.2009)

Das Miesepeter-Gesicht

Das musst du erzählen, wie du morgens, noch vor acht, vor dem Geschäft in der Kälte stehst, ausharrend, fröstelnd, Hände reibend, der aufkommende Herbst ist nicht mehr zu leugnen, die Zeit der ersten Handschuhe, das defekte Rennrad an die Wand dieses alt-ehrwürdigen Hauses gelehnt, mit seiner breiten Fensterfront und Glastüre, das in früherer Zeit wohl Wäscherei, Krämerei oder Bäckerei gewesen sein muss und heute eben Fahrradladen ist, mitten in einer kleinen Siedlung, eingeklemmt zwischen zwei Hauptverkehrsachsen, gegenüber einem Altenheim, einem kühlen zweckmäßigen Bau, daneben die Grundschule im alten Sandstein-Gewand, Schulkinder mit riesigen Ranzen auf schmächtigen Rücken und ein paar Handy quatschende Eltern passieren die Szene, und immer wieder Taxen, die vor dem Heim halten, um eine altertümliche Last aufzunehmen, nicht weit entfernt, das Hupen der Ungeduldigen, das Klingeln der Bahnen, das An- und Abfahren mit quietschenden Reifen, der allmorgendliche Kollaps, während weitere Kunden nach und nach eintreffen, und drinnen im Ladengeschäft noch alles dunkel ist, der Eingang von einem Zweirad blockiert, im Schaufenster - hängend - Rad an Rad aneinander gereiht, die Crème de la Crème auf ein paar Quadratmetern, oben drüber die Wohnräume, deren schummriges Licht verrät, dass er schon wach sein muss, in Arbeitskittel und mit Kaffeetasse - vielleicht

- hinter den alten Vorhängen steht und schaut, ob erste Kundschaft eingetroffen ist, bis endlich ein kleines grünes Kassenlicht, eine winzige Fläche nur, zu blinken beginnt, die Bewegungen einer finsteren Gestalt können erahnt werden, jetzt muss es jeden Augenblick soweit sein, zuerst aber die immer gleichen Handgriffe wie jeden Werktagmorgen: Raumlicht anschalten, Zeitungen auf die Ablage werfen, dann der Gang zur Ladentür mit Miesepeter-Gesicht, ein Schlüssel wird aus dem Arbeitskittel gefischt, unter den Wartenden jetzt auch ein Rollator-Mann und vor dem Altenheim eine dicke festzementierte Rollstuhl-Frau, der Radladen scheint auch ein bisschen Zeitungskiosk zu sein, das alles ficht den Radmenschen wenig an, kein Blick in die Augen der fröstelnden Klientel, mit mechanischen Handgriffen wird die Ladentür entriegelt, erst oben, dann unten, alles bestens gesichert, schließlich sind hier echte Werte gebunkert, dann sperrt er die Tür auf, brummt ein „Morgen" irgendwohin und „dass er am liebsten gar nicht runter gekommen wäre", schiebt die Mülltonne an die Gehsteigkante, während sich die Wartenden wie abgesprochen zu einer Schlange formieren, und fragt beim Zurücklaufen ohne Blickkontakt, „wer alles eine Zeitung kaufen wolle" und „dass die Anderen erst einmal Sendepause hätten", und während er den Laden betritt, brummt er etwas von altem Mann und D-Zug, und „warum eigentlich immer alle zur gleichen Zeit kämen" und „dass er die Bude am liebsten dicht machen würde", dann bückt er sich ächzend, zwei Zeitungen greifend und bringt sie dem Rollator-

Mann und der Rollstuhl-Frau auf der anderen Straßenseite, und während all der Beschimpfungen und Unterbrechungen für scheinbar Wichtigeres, wartet die Kundschaft geduldig, betrachtet die Auslage, prüft Fahrradklingeln, probiert Radhandschuhe an, mancher hält Reflektoren ins Licht, andere schleichen andächtig um die neuesten, kaum bezahlbaren Modelle, bis er auf einem Quittungsblock aus dem letzten Jahrhundert die Mängel des ersten Kunden zu notieren beginnt, es geht dann der Reihe nach, in einer Schrift, die nur er entschlüsseln kann, er, das Original mit all seinem Gift und Sarkasmus, dem Beinahe-Hass auf seinen Brotberuf und seine Kundschaft, aber mit einer zeitgemäßen, ja überdurchschnittlichen Leistung, die jeder hier Wartende zu schätzen weiß, bis irgendwann nach dem ersten Ansturm, der Meister selbst mit kaum erkennbarer Zufriedenheit die fremden Gefährte in die hauseigene Werkstatt schiebt, wo er sich bald den Geschöpfen widmen wird, mit denen er am besten kann: seinen Rädern.

(nw, 18.04.2016)

Der Weltenherrscher

Er steht an der linken Seite des Podests. Die Schuhspitzen ragen über die Kante hinaus. Er gleicht einem Selbstmörder, zum Absprung bereit. Die Arme ausgebreitet, die Geste eines Priesters, die linke Hand zittert im Rhythmus, der ganze schwarz gekleidete Körper ist in Aufruhr.

So steht er vor seinen Untergebenen, gibt geheime Zeichen, er treibt eine ganze Gruppe von Geigern vor sich her, jeder einzelne eine Kapazität. Männer und Frauen, die breitbeinig auf ihren Stuhlkanten sitzen. Ihre Bögen zeichnen das gleiche Muster in die Luft: auf seinen Befehl schnellen sie in die Höhe oder werden nach unten getrieben. Streichender Klang aus gleichförmigen Hohlkörpern. Zwar gebietet er den Geigen, hat aber immer die ganze Mannschaft im Blick. Irgendwann wechselt er die Seite, steht jetzt auffordernd mit geschlossenen Beinen vor dem Cellisten. Mit dem Stab in der Luft beschreibt er eine leise Melodie, während die Geiger die Bögen im Schneckentempo bewegen. Eintönige Unterstützung für das trauernde Cello.

Dann der Bruch. Eine Sekunde nur: absolute Stille. Danach ein Rauschen, ein Anschwellen, ein Sturm entsteht, weil durch einen Wink seiner in die Höhe gestreckten Hand die Bläsergruppe einfällt, laut und barsch. Die Kontrabässe grollen. Ein Donnergrollen, das er mit seiner Rechten befiehlt. Jetzt lehnt er vorne am Podest an einem Gitter, das seiner Sicherheit dient in eben jenen Momenten. Er ist der Kapitän draußen an der Reling, oben auf der Brücke. Er verfolgt das aufkommende Unwetter, das alleine er beherrschen kann. Er stemmt sich dagegen, feuert an und beruhigt, wenn er es für geboten hält. In jenen Augenblicken ist er Gebieter über die Meere, Weltenherrscher, gottgleich. Seinem in die Luft bohrenden Stab folgen alle gebannt. Er lässt Musik erst entstehen, auf der Bühne und in unseren Köpfen. Er legt fest und interpretiert, er trägt die Verantwortung für das gesamte Werk.

Die Bratschen ziehen und reißen im Gleichklang. Die Cellisten schlagen das Notenblatt um. Die Kontrabässe hämmern einen Rhythmus auf ihren dicken Saiten. Wieder steht er auf der linken Seite, wieder ragen die feinen Schuhe über die Kante. Eigentlich bräuchte sein Podest keine Mitte, denn er bewegt sich nur an den Rändern, in ständiger Anspannung, immer in Richtung der Akteure. Gerade steht er vor seinem ersten Geiger, den Kopf gebeugt, die Stabspitze zeigt zu Boden. So steht er andächtig, in sich gekehrt, entrückt und lauscht einer Melodie, die wie ein Glöckchen auf einem Bergfriedhof eine Geschichte erzählt, eine gerade vergangene.

Danach eilt er zur Reling, um sich festzuhalten. Ein letztes Mal kommt Spannung auf, um sich ein letztes Mal zu entladen. Alle sind noch einmal gefordert, die Kräfte werden final gebündelt, wie Strahlen auf einen einzigen Punkt.

Dann: Ausklang der Geigen, die Kontrabässe schweigen bereits, die Cellisten lassen letzte Tropfen regnen. Der Weltenherrscher hat ausgedient. Er dreht sich zum Publikum. Tosender Applaus. Langanhaltende Verneigung. Die gelbe Krawatte zeigt dabei auf das Zentrum, von dem alles ausging und in dem alles endet. Danach: Abgang eines Giganten.

(nw, 18.09.2016)

Total verluthert

Wir befinden uns im 500. Jahr nach dem Anschlag. Die sogenannte Thesentür ist das am häufigsten fotografierte Portal unserer Zeit. Durch ein gusseisernes Gitter kann herangezoomt werden, woran niemals ein Thesenblatt angebracht war. Aber wen kümmert das? Wir sind süchtig nach einem Objekt, das hundert Jahre nach dem historischen Ereignis gespendet wurde. Das Teil einer Schlosskirche ist, die zwischenzeitlich bis auf die Grundmauern niedergebrannt war. Wir sehnen uns nach einem sichtbaren Beweis, warum sich die Kirchen entzweit haben mit unzähligen Aufständen, Kriegen und Toten.

Wer in diesen Tagen in Wittenberg weilt, kommt nicht an ihm vorbei. Ein Bier ist nach ihm benannt. Eine Tafel mit Kreideschrift fordert auf zum Kauf eines Lutherkuchens. Schulen, Kirchen, Straßen, Häuser, Säle, eine Eissorte ist nach dem breitschultrigen Herrn im Talar und mit Kappe benannt. Wo man auch geht und steht, luthert es. Er sei froh, wenn die Bordkanten wieder oben wären, gesteht mir ein Wittenberger freimütig.

Am Marktplatz habe ich eine Eingebung: durch die langgezogene Collegienstraße an einem verregneten Herbsttag eilt ein mürrischer Herr in knielangem Mantel. Auf der Höhe von Cranachs Apotheke wechselt er die Straßenseite. Kein Blick in den Hinterhof des Emporkömmlings. Auch wenn er Holzstiche für sein Betbüchlein bei Cranach in Auftrag gegeben hat; heute will er ihn nicht sehen, den Prahlhans, dem alles zu gelingen scheint, was er in die Hände nimmt. Zu seiner Linken und Rechten grüßen die Menschen, der Professor erwidert die Grüße nicht. Bei Melanchthons Haus senkt er den Blick. Kleinwüchsiger Besserwisser, Lehrmeister, Ewiggescheiter und andere Beschimpfungen fallen ihm ein, bevor er vollkommen durchnässt sein Wohnhaus betritt. Oben im Arbeitszimmer, sind die alten Plagegeister wieder zurück: Elisabeth, der Tochter, geht es schlecht. Das Ferkel im hinteren Stall muss notgeschlachtet werden. Katharina will weiteres Land zukaufen. Wofür eigentlich? Am Schreibtisch will nichts Brauchbares aus der Feder kommen. Ein fauler Backenzahn schmerzt. Tage, von denen kein Museum dieser Welt erzählt. Leider!

Im Sterbehaus ist die Hölle los. Ein Pulk von Menschen schiebt sich von Raum zu Raum, von der unteren Etage nach oben. Eine rüstige Frau erläutert laut die einzelnen Ausstellungsobjekte. Die Gruppe ist über Kopfhörer zugeschaltet. Luther, sagt sie, sei der Schwan, den Hus vor seinem Feuertod angekündigt habe. Dabei deutet sie auf ein großes Gemälde. Gleich schwärmen die Fotografen wie wild gewordene Wespen zum Schwanenbild. Sie halten darauf mit Sucher, Monitoren und schwerem Gerät. Es klickt, es surrt, es piepst ohne Ende. Ein Mann hält vor einer Erläuterungstafel und drückt ab. Gelesen wird dann zuhause oder - noch wahrscheinlicher - überhaupt nicht. Die Masse schiebt sich weiter ins Sterbezimmer. Dass das angebliche Sterbebett fast 350 Jahre nach Luthers Tod samt Stuhl und Waschbecken nachgebaut wurde, dass Luther gar nicht in jenem Gebäude gestorben ist, in dem seine verkabelten Nachfahren gerade stehen: es interessiert hier niemanden wirklich.

Nach einer Stunde und Tausenden von Fotografien sind alle froh, die Lebensstationen Luthers endlich abgearbeitet zu haben. Jetzt gilt es, die Wittenberger Gastronomie zu unterstützen, sich in einem guten Lokal von früheren Jahrhunderten zu erholen und Luther einen guten Mann sein zu lassen.

(nw, 18.05.2017)

Experimente

an kommen

Das Gedicht gewann den ersten Platz im VHS-Schreibwettbewerb „ANgeKOMMEN" im Rahmen der 29. Baden-Württembergischen Literaturtage 2012.

auf bruch gestimmt
wie eine lampe fiebern
dem tag im all eine nase ziehen
ur laub in die koffer packen
zeuge eines flugs werden
land unter und mehr sehen
ein an reisen und kommen

(nw, 17.02.2013)

Sonnen-Leben

August. Urlaubszeit. Voralpen. Fette Wiesen und Kühe. <u>Doppel-Blumen</u> bis nach oben. Gelb leuchtend. Zweifach. Immer höher. Durch das Gras, sensengemäht. Beschwerlich. Hell, heller geht nicht. Glückspilz, wer hier oben ist, sein darf. Weitblick. Dann eine Holzhütte, die Alm. Milch im Halbliterglas und <u>Wein-Brot</u>. Wenige, die es geschafft haben. Erschöpft absitzen. <u>Baum-Stulle</u> mit Bergkäse. Noch weiter oben: ein Gebimmel, ein Gemuhe. Weide mit <u>Arbeits-Schnur</u>. Begrenzung. Über mir zum Schutz: der <u>Mohn-Schirm</u>. Pusteblumen mit Fallschirmen, wie aufgemalt. Immer höher: zuerst der Fleck, wo wir sitzen. Eingebettet ins Grün. Dann der nackte Fels, das ganze Massiv. Schöne Welt: Bergwelt. Schöner Tag: <u>Sonnen-Leben</u>.

(daw, 21.05.2015)

Schirmbein

Schirmbein hatte eingeladen. Ein weiteres Treffen zur Organisation einer städtischen Veranstaltung im kommenden Jahr stand an. „Liebe Teilnehmerinnen und Teilnehmer", sprach Schirmbein und läutete das Glöckchen zu seiner Rechten. „Seien Sie herzlich willkommen. Ich freue mich, dass Sie so zahlreich erschienen sind und möchte" – er schaute auf seine Armbanduhr – „für die nächsten eineinhalb Stunden um Ihre geschätzte Aufmerksamkeit bitten. Zunächst werde ich die Tagesordnung verlesen. Ich rufe auf Punkt1 der Tagesordnung: Begrüßung. Was hiermit geschehen wäre. TOP2 entfällt, da möchte ich um Ihr Verständnis bitten. Die Vorsitzende der städtischen Vereine ist leider erkrankt. Kommen wir also zu TOP3." etc. etc.

Frau Breithaupt, Gewinnerin des Grimme-Preises in den Neunzigern, zog eine Feile aus der Tasche und begann unauffällig ihre Nägel zu glätten. Herr Lasche vom Kulturdezernat entsperrte das Display seines Smartphones, um eine neue App zu erproben. Herr Wiesenbrink vom beauftragten Organisationsbüro fotografierte heimlich und mit hochschlagendem Herzen die Jugendvertreterin in der Runde, eine Studentin der Germanistik, die in ein unter den Tisch gehaltenes eBook vertieft war. Herr Heine, zweiter Vorstand der Ortskrankenkasse, begann seine Brille samt Etui ausgiebig zu säubern. Des Weiteren wurden Kaffeetassen herangezogen, Kurznachrichten gelesen und versendet, Haare um Finger gewickelt, Augen wurden bei abgelegter Brille ohne triftigen Grund gerieben, bis irgendwann lange Zeit später Schirmbein wieder die Oberhand gewann.

„… möchte ich mich im Namen der hiesigen Verwaltung ganz herzlich bei allen Anwesenden bedanken, für die Geduld und rege Teilnahme und hoffe, Sie in Bälde in eben diesen Räumlichkeiten wieder begrüßen zu dürfen. Haben Sie noch einen angenehmen Abend."

(daw, 12.02.2014)

oben, bei den Mühlen

… oben, bei den Mühlen, sich gegen aufkommende Winde lehnen, auf zwei Rädern die Insel queren, am Saum des Ostmeeres den Kitesurfern nachschauen, die wie Flöhe auf dem Wasser hüpfen, dem endlosen Deich folgen, bevölkert von antriebslosen Schafherden, kein Schäfer in Sicht, nur Zäune, die die Tiere wohlwissend meiden, auf der schmalen Deichspur balancierend, das Ziel – den rot-weißen Leuchtturm - stets vor Augen, beim Zurückschauen, hunderte Segel sehen, die ganze Bucht scheint überwuchert, dann weiter streng gegen den Wind, den Körper geschickt zur Unterstützung einsetzend, dem Turm immer näher, den sich zusammenrottenden Wolken ebenso, Wind peitscht die Weizenfelder, wettergebeugte Bäume werden zu Boden gedrückt, erste Tropfen, jetzt schnell einen Unterschlupf finden - wenn man hier oben eine Lektion lernt, dann diese - Regentropfen wie Sandkörner im Gesicht, nicht weit entfernt, eine alte Kaschemme, unter dem Vordach Gestrandete, froh dem Wetter entkommen zu sein, in der Eile einen Grenzstein übersehen, kurz darauf: ich auf dem klatschnassen Rasen, das Fahrrad irgendwo, ein kräftiger Arm zieht mich unter das Vordach, „nun mal rinn in die gute Stube", Empfang mit norddeutscher Herzlichkeit, jemand drückt mir ein Schnapsglas in die Hand, „hau weg das Ding", alles egal, erst einmal im Trockenen, das ist die Hauptsache, und bald wieder hergestellt für die Weiterfahrt, oben, bei den Mühlen ...

(nw, 30.10.2014)

Aus dem Alltag

Public Viewing

Die Geschichte gewann den ersten Platz in der Kategorie "Mein Karlsruhe" im Autorika-Schreibwettbewerb 2012. Nachzulesen in "Salz auf den Lippen", 1. Auflage 2012.

Ich bin der absolute Antifan. Ich kann nicht verstehen, dass sich Menschen zusammenrotten zu stinkenden, laut schreienden Haufen, um 22 Männern und einem Fetzen Leder hinterher zu gieren, wie wenn es um ihr Leben ginge.

Ich kann nicht glauben, dass sich Abertausende in Stadien einfinden, um gemeinsam auf zwei, drei Leinwänden einer Realität nachzueifern, die sich Hunderte Kilometer weit entfernt abspielt. Sie schreien und pfeifen, sie tanzen vor zwei blinden Wänden. Public Viewing nennen sie das. Wieder so eine Bewegung, die über den Teich geschwappt ist und samt dem Begriff dankbar von uns aufgenommen wurde.

Es ist Europameisterschaft in Österreich und dank der 22 Herren und dem Lederfetzen kann ich heute mit meinem Rad freihändig mitten auf der sonst stark befahrenen Brauerstraße fahren. Weil ich durstig bin, radle ich hinüber zum ZKM-Kino. Schon von weitem höre ich das massenhafte Getöse, plötzlich anschwellend wie eine aufschäumende Welle, um kurz darauf abrupt zu verstummen. Also wird auch hier öffentlich geschaut.

Public Viewing: die Erste.

Ich habe einen Sitzplatz ergattert auf einer Bierbank neben einem Dicken, dessen Deutschlandtrikot den massigen Hängebauch nicht vollständig abdecken kann. Ein hagerer Mittvierziger zu meiner Rechten trägt eine Brille, die schwarz-rot-gold bemalt ist. Ich weiß nicht, ob er irgendetwas erkennen kann. Bald wird klar, warum gerade dieser Platz noch frei war. Ein großer Mast, der die Dachkonstruktion des Kinos trägt, verdeckt fast die gesamte Sicht auf die Leinwand. Mir kann es egal sein. Ich kann damit leben. Ich bin weder Fan noch ernsthaft daran interessiert, was sich auf den wenigen Quadratmetern Leinwand abspielt. Ich bin durstig und möchte die Leute beobachten. Und wenn der Liter Bier seiner Bestimmung zugeführt ist, werde ich die Veranstaltung verlassen und endlich wissen, worüber ich bisher nur gelesen oder andere reden gehört habe.

Public Viewing: die Zweite.

Die Masse gerät plötzlich außer sich. Es hat eine rote Karte gegeben. Allerdings nicht für einen Spieler, sondern für den deutschen Trainer. Nach kurzen Verhandlungsversuchen muss er auf die Tribüne. Ich habe zwar nicht gesehen, was er sich zu Schulden kommen ließ. Aber es ist eine schreiende Ungerechtigkeit, wie ich den massenhaften Reaktionen entnehmen kann. „Korinthenkacker", ruft der Hagere mit der Nationalfarben-Brille. „So ein Arschloch", brüllt der Dicke nach vorne. „Du kannst nach Hause gehen", stimmt die Menge an. Der Dicke erklärt mir, warum die Deutschen jetzt entscheidend im Nachteil sind. Mein Kopf wehrt sich gegen seine Verschwörungstheorien, mein Bauch stimmt ihm zu. „Alles wird gut." Mehr fällt mir dazu nicht ein. Dann hauen wir unsere Krüge so fest aneinander, dass eine Menge Bier überschwappt. Ich versuche jetzt trotz des dämlichen Pfeilers, mehr vom Spiel mitzubekommen. Die Deutschen wollen die Ungerechtigkeit rächen und legen sich mächtig ins Zeug. Das Spiel gewinnt an Fahrt. Die Meute vor der Leinwand auch.

Public Viewing: die Dritte.

Eine erste Welle ist vollständig durchs Publikum gegangen. Ich hasse Wellen. Eigentlich. Aber heute, jetzt vor dieser Wand und in dieser Spielphase macht es Sinn. Die Deutschen brauchen ein Tor. Jetzt, wo die Wut noch greifbar ist. Sie müssen diesen Schub nutzen. Das Spiel drehen. Vielleicht sogar vorzeitig entscheiden. Arme gehen massenhaft nach vorne, Hände winken und dann ein Aufschrei, die Welle hat uns erreicht. Wir, der Dicke, der Bebrillte und ich sind aufgestanden. Irgendwie werden sie es mitbekommen. Unsere Mannen müssen es einfach spüren, wie sie zuhause vor den Wänden unterstützt werden.

Die Wellen wollen gar kein Ende nehmen. Ich habe ein zweites Bier bestellt. Meinen Nachbarn habe ich natürlich eines spendiert. Der Dicke hat mich „einen guten Freund" genannt. Der Hagere hat, was nicht auf seiner Hose landete, in einem Zug weggetrunken.

Public Viewing: die Vierte.

Ein Tor ist gefallen. Es ist unglaublich, was plötzlich hier los ist. Menschen liegen sich in den Armen. Kollektives Aufschreien. „Tor! Tor!" Ich halte die Faust in die Luft gestreckt und schreie, so laut es nur möglich ist. Der Hagere mit der Deutschlandbrille umarmt mich. „Ich hab's gewusst! Ich hab's gewusst!" Er fängt einen kleinen Tanz mit mir an, was ich mir gerne gefallen lasse. Die Bierbank ist umgefallen, aber wen stört das in so einem Augenblick? Wildfremde Menschen tanzen miteinander. Es bildet sich eine Reihe von Leuten, die im gleichen Rhythmus zu hüpfen beginnen. Ich mittendrin. Das Tor ist eine Befreiung in jeder Hinsicht. Ballack hat es geschossen. Wer sonst? Auf der Leinwand ist immer wieder zu sehen, wie er den Freistoß in ein wild zappelndes Netz haut. Ballack, dieser menschgewordene Adonis, dieses Bild von einem Mann, ein Halbgott in schwarz-rot-gold. Zumindest in diesem Augenblick. Musik von irgendwoher übertönt die Jubelschreie. „So sehen Sieger aus", skandiert die Menge.

Public Viewing: die Letzte.

Das Spiel ist längst vorbei. Wir haben gewonnen. Wir sind im Viertelfinale. Ich weiß nicht, den wievielten Bierkrug ich in der Hand halte. Fahnen werden geschwenkt. Leute schreien und singen. Scheinwerfer beleuchten die Szene. Die Menge ist in Auflösung begriffen. Der Boden ist übersät mit Papierbechern und Fähnchen. Ich bin glücklich, weil Hunderte Kilometer entfernt 11 Männer ein Spiel gewonnen haben. Der Dicke hat mir versprochen, eine Karte für das Halbfinale zu besorgen. Draußen in unserem Stadion. Ich weiß jetzt, was die Massen dorthin treibt. Ich habe es ja selbst erlebt. In wenigen Tagen werde ich mit Abertausenden vor zwei, drei Leinwänden sitzen und der Realität nacheifern. Und die Welt wird für 90 Minuten - wenigstens - wieder in Ordnung sein. Public Viewing: ich habe verstanden.

(nw, 21.06.2008)

In der Halle

"Wir kommen nun zur Entspannung", ruft der Trainer in die abgedunkelte Halle. "Wer auf der Matte liegt, darf jetzt loslassen. Eure Partner werden euch die nächsten Minuten verwöhnen." Kräftige Männerhände legen sich wie Fesseln um meine Knöchel. Im Hintergrund: Meeresrauschen, vermischt mit leisen Tönen. "Dann bitte vorsichtig an den Beinen des Partners ziehen." Plötzlich: ein ruckartiger, kräftiger Zug. Ich spüre einen Schmerz in der Wirbelsäule. Es ist, wie es auf einer mittelalterlichen Streckbank gewesen sein muss, eine damals beliebte Foltermethode. "Und? Angenehm?" fragt eine bärtige Stimme emotionslos. Es ist ein Bulle, der an meinen Gliedern zerrt.

Grundsätzlich macht mir Gymnastik einmal die Woche Spaß. Es ist eine zufällige Ansammlung bewegungswilliger Menschen mittleren Alters. Irgendwann bedarf ein Körper einer regelmäßigen Gymnastik, wenn er beweglich und ansehnlich bleiben soll. Das Geschlechterverhältnis in der Gymnastik ist in der Regel ausgeglichen. In der Regel, das heißt, es gibt Ausnahmen. Zum Beispiel heute. Eine einzige Frau ist anwesend, ansonsten wimmelt es von Bärten, Schweiß und Ehrgeiz um mich herum.

"Nicht ganz so kräftig", mahnt der Trainer, der langsam an uns vorbeiläuft. Die Fesseln werden etwas gelockert. Das Vor und Zurück ist weiterhin ohne jedes Gefühl, ähnlich dem Rhythmus einer Maschine.

Beim Aufwärmen hatten sich die Paare für diesen Abend gefunden. "Sollen wir?" fragte der Bulle, der zufällig neben mir stand. Wenig später rannten wir durch die Halle, hintereinander, in den Händen zwei Holzstäbe, die sich ähnlich einer Lokomotive bewegten. Was er vorgab, hatte ich mitzumachen. Alle trabten gemütlich, der Bulle rannte, ich hinter ihm her. Was blieb mir auch anderes übrig? Danach, als wir uns gegenüberstanden und abwechselnd an einem Holz zogen und schoben, kam ich dem Bullen verdächtig nahe. Ich spürte seinen Atem.

Nicht dass ich etwas gegen Männer hätte. Nein, nein. Ich gehöre doch selbst zu diesem Verein. Aber ich bin ein Verfechter ausgeglichener Verhältnisse. Männerabende, Junggesellenabschiede oder gar Geburtstagsfeiern nur mit den Herren der Schöpfung sind mir ein Graus. Ich bin dann meistens krank oder habe einen spontanen Geschäftstermin, gerne auch am Abend, so etwas soll es ja geben. Was würde mich dort auch erwarten? Zu dicken Karossen habe ich keine Meinung. Fußball schauen halte ich für Zeitverschwendung. Eine Sauna oder einen Wintergarten nach Anleitung zusammen zu stecken, würde mir niemals gelingen. Lange Beine, Ausschnitt- und Körbchengrößen sind mir relativ egal. Ich bin doch schon lange vergeben. War da sonst noch etwas? Nein danke, diese Zeit kann ich sinnvoller investieren.

"Jetzt mit dem Arm des Partners kleine kreisende Bewegungen machen." Die nächste Phase der Entspannung läuft an. Der Bulle sitzt neben mir. Er hält meinen Arm wie eine Trophäe in die Luft und macht damit weit ausladende Bewegungen. Wie wenn dieser Arm nicht an einem Körper hinge. An meinem! „Nicht so heftig", sage ich mit geschlossenen Augen. Mir ist die beinahe intime Nähe zu diesem Alphatier, das sich über Muskelfülle und einen athletischen Körperbau zu definieren scheint, offen gestanden unangenehm. Aber was hilft es? Nach dem halbstündigen Intensivtraining schwitzen wir beide wie zwei Hengste nach getaner Arbeit.

Im Hintergrund säuselt weiterhin eine unbedeutende Musik. Vor dem letzten Teil der Entspannung habe ich geradezu Panik. Es ist ja nicht das erste Mal, dass wir diese Übung machen. Gleich werden die Partner zum einminütigen Ausstreichen unserer Körper aufgefordert. Der Bulle wird dann über mir stehen und meine Arme und Beine seitlich ausstreichen. Eine fast erotische Handlung, die der Trainer üblicherweise mit der frivolen Andeutung abschließt: "Die Paare unter euch können die Übung zuhause fortsetzen." Ich jedenfalls überlege mir allen Ernstes, ob ich einen Hustenanfall bekomme, um dem Unvermeidbaren zu entgehen. Heute jedoch gibt es eine überraschende Wende.

"Heute versuchen wir eine Variante. Alle Akteure rutschen eins nach rechts. Und dann beginnen wir mit dem Ausstreichen." Danke, Trainer! Für mich ist diese Wendung fast wie ein Lotteriegewinn. Ein Auge prüfend geöffnet, sehe ich den Bullen abziehen. Die einzige Frau in der Halle hüpft auf meine Matte. Zarte, warme Hände streichen über meine Schultern, ein luftig leichtes Wesen bewegt sich irgendwo über mir. So tief besorgt ich eben noch war, so weit oben schwebe ich gerade. Jetzt erst kann ich richtig loslassen.

"Und wenn dann der Letzte aufgewacht ist", höre ich die Stimme des Trainers neben mir, „kommen wir zum Abklatschen." In der Halle beginnt ein Schlagen und Klatschen wie in einem Taubenschlag. Der Trainer bedankt sich. Ich bin nach diesem Abschluss wieder versöhnt mit meiner Gymnastik. Mit all den anderen verlasse ich die Halle in Richtung Herrenumkleide. Duschen werde ich heute lieber zuhause.

(nw, 12.02.2014)

Pult 7

Sie hält eine Hand vor ihr linkes Auge und schaut dabei tief in die meinen. Zumindest empfinde ich das so. Dann hält sie ihr anderes Auge zu, um wiederum tief in mein Innerstes zu blicken. Es sind wenige Sekunden nur, die mir wie eine Ewigkeit vorkommen. Sie ist gerade dabei, meinen Augenabstand zu taxieren. Eine notwendige Maßnahme, um mir eine geeignete Brille empfehlen zu können, wie sie freundlich erklärt. Für mich: ein beinahe intimer Vorgang. Kannte ich doch die junge Dame bis vor wenigen Minuten noch gar nicht. Was für ein glücklicher Zufall, dass die einzige Frau in der bedienenden Herrenriege gerade mir, der ich an Pult 7 zu verharren hatte, zugeteilt wurde. Mit ihren halbnackten Beinen vorausschreitend führt sie mich in die hinterste Ecke des frequentierten Verkaufsraumes. Dorthin, wo die Modelle stehen, die für mich geeignet scheinen: Lesebrillen mit Voll- und Halb-Rand, bunt und uni, mit Gläsern in bauchiger und in eckiger Form. Mit jedem Modell, das sie hinter sicheren Glasscheiben hervorholt und mir vorsichtig auf die Nase setzt, wird die Auswahl umfangreicher und ich unentschlossener. „Diese da passt zu Ihrem Typ", sagt sie bei einem Modell mit eckigen Gläsern, einer Halbbrille mit dicken Bügeln in kräftigem Karminrot. Sie betrachtet mich aus unterschiedlichen Blickwinkeln kritisch, sofern das mit ihrem hübschen Gesicht überhaupt möglich ist, dann zustimmend nickend, sich immer wieder bestätigend. „Sie bringt etwas Farbe in den tristen Alltag." „Finden Sie?" frage ich verunsichert und wage einen Seitenblick in den schmalen Wandspiegel, immer so, dass sie mich auch weiterhin betrachten kann.

Halbbrillen, weit vorne auf der Nase geparkt, sind mir eigentlich suspekt. Das eckige Glas gibt meinem Ausdruck etwas Strenges, Bürokratisches. So wie sie meinen Alltag vermutet hatte. Und mitten ins Ziel getroffen hat. Manchmal habe ich die leise Ahnung, dass alles Denkbare in meinem Leben erreicht, dass alle Herausforderungen gemeistert sind. Dass meine Tage bis zu ihrem seligen Ende immer in der gleichen Art und Weise ablaufen müssten. Morgens um 6:20 Uhr aufstehen, duschen, Bäcker. Dort ein belegtes Brötchen mit Getränk - die Ware liegt übrigens schon bereit, wenn ich die Filiale betrete - mit der Bahn zum Schlossplatz, dort in meine Parzelle im Kundenempfangsbereich, Tagesgeschäft vorbereiten, hier ein Schwätzchen, dort eine Belanglosigkeit. Dann Kundenverkehr, mit immer den gleichen Fragen und den ebenso gleichen Antworten. Danach Mittagstisch oder Pausenbrot. Am Nachmittag schließlich „Backoffice" - wie es seit kurzem heißt - bis zum Ende des Arbeitstages. Genau diese Tristesse muss sie mir angesehen haben, ganz spontan. Ich glaube tatsächlich auch, dass mein Äußeres - und mein Leben überhaupt - ein bisschen mehr Farbe gut vertragen könnte.

Wenig später sitze ich in einer Art Separee mit viel technischem Gerät. Mir gegenüber, fast wie eine junge Ärztin, der Glücksfall von Bedienung. Wir beide allein in diesem sterilen Raum. Sie steht dicht bei mir, um Gläser unterschiedlicher Stärke in die Apparatur zu stecken, durch die ich Formen und Zahlen zu erkennen habe. Es riecht nach ihrem Deo. Ich kann sogar ihren Atem spüren. Vielleicht ist ja heute der erste Tag vom Ende meiner Tristesse. Der Tag, von dem ich später sagen würde, er war der Wendepunkt. Ich sehe mich plötzlich an einem weit ausladenden Sandstrand. Zuerst laufen, dann rennen, manchmal springen, lange nicht mehr genutzte Fortbewegungsarten erprobend. Ich sehe mich Hand in Hand mit der jungen Verkäuferin schlendernd zwischen den Dünen. Sie trägt einen wallenden Rock und ein Top mit hauchdünnen Trägern. Das Meer spült immer wieder klatschend eine Welle heran. Der Wind spielt mit dem trockenen Dünensand. Es sind nur wenige Badende am Strand. Irgendwann bleiben wir stehen. Unsere Gesichter nähern sich einander. Ihr Mund sucht erwartungsvoll den meinen ...

„Und was erkennen Sie jetzt?" Ganz schnell bin ich wieder zurück in der Realität, im Separee, wo ich bucklig, das Kinn ungeschickt auf die Apparatur gestützt, hinter einem optischen Gerät sitze. „Einen roten Kreis." „Dankeschön. Das reicht", sagt sie. „Ich mache jetzt Ihre Brille fertig."

Wieder sitze ich wartend an Pult 7. Als sie sich nach wenigen Minuten zu mir setzt und den Preis nennt, bin ich doch etwas schockiert: 320 Euro! Für eine Lesehilfe mit unverwüstlichem Titangestell und mehrfach entspiegelten Kunststoffgläsern. Andere Gläser seien absolut inakzeptabel, hatte sie argumentiert. Auch dabei: ein Versicherungsschutz für Bruch, Diebstahl und Verlust. Ein Muss bei diesem Preis, wie sie behauptet hatte. Sie setzt mir abschließend die neue Brille auf die Nase und beäugt mich mit einem raschen Blick. „Sehr schön!" sagt sie geschäftsmäßig. „Alles Gute damit." Sie reicht mir die Hand zum Abschied. Hinter Pult 7 warten bereits vier weitere Kunden. „Und … wenn ich Reklamationen habe?" versuche ich die verbleibende Zeit ein wenig in die Länge zu ziehen. „Sind wir jederzeit für Sie erreichbar", ergänzt sie kühl und reicht mir ihre Visitenkarte samt Discounterprospekt. Und dann mit einem gewinnbringenden Lächeln in die Runde der Wartenden: „Wer war der Nächste, bitte?"

(nw, 08.06.2012)

Parallelwelten

S-Bahn, 23 Uhr, von Pforzheim nach Karlsruhe. Erstaunlich viel los für die Tageszeit. Meist junge Menschen. Vor mir: vier Jungens auf gegenüberliegenden Sitzen, daneben auf einer Sitzbank, liegend, ein junges Mädel. Bevorzugte Kleiderfarbe: schwarz. Alle spielen das Gleiche: Handytippen. Jeder in seiner eigenen Welt. Manchmal ein spontaner Lacher, das Handy wird herumgereicht. Dann tippen sie weiter, wie emsige Bienen. Musik dröhnt aus einem Rucksack. Sie hält ihre Parallelwelt zusammen, ist Background für den ganzen Waggon: nicht laut, rhythmisch, erträglich. Das Mädel trägt einen kurzen Rock, spinnenartige Netzstrümpfe, die Beine herabhängend, ordinär gespreizt. Obenherum: eine Art Bikini, viel nackte Haut, am Hals Knutschflecken. Vielleicht auch Akne, das erkenne ich nicht aus der Entfernung. Wie weit sie mit der Gruppe verbandelt ist, bleibt unklar. Kommunikation mit den Herren der Schöpfung findet keine statt. Die Jungens mit ihren abgetragenen Shorts, zerstochenen Beinen und Riesenlatschen hängen im weichen Polster, die Beine weit von sich gestreckt. Arsch zeigen scheint nicht mehr angesagt, aber viel Metall. Auf den Lippen, in der Nase (autsch, die Vorstellung tut weh!), in den Ohren sowieso, bei dem Mädel in der Zungenspitze. Der Junge im Eck mit der Sonnenbrille (draußen ist es dunkel) hat die ganze Unterlippe getackert. Scheinbar sind Weichteile, also überall da, wo es weh tut, genau der richtige Platz für diese Art von Schmuck. Ansonsten: Nietenkappe und Armbänder. Das Haar ist voll (klar: jugendlich) mit bunt einge-färbten Strähnen. Bevorzugte Farbe: grün aber auch blau. Alle vier Jungens im John-Lennon-Look: die Haare kreisrund ins Gesicht fallend. Einheitsge-schmack.

Sie sind friedlich (zum Glück), nicht laut oder ag-gressiv. Sie fahren ihrem Nachtprogramm (was in Wirklichkeit ihr Tag ist) entgegen. Sie organisieren sich in sozialen Netzwerken. Sie schaffen Mehrheiten über neue Kanäle. Sie teilen (sharen) alles nur Denk-bare: Wohnung, Auto, Kleider, Essbares. Sie schauen nicht mehr fern, sie holen ihre Infos aus den Tiefen des Internets. Sie entziehen sich unserer Art zu leben, gehen neue Wege. Sie sind, ohne es zu wissen, ein Ex-periment am lebenden Objekt, Ausgang ungewiss. Und sie werden eines Tages das alles hier überneh-men. Und weiterführen. Die Wartung der Bahnen, ihre Fahrer, die Gäste, die Sitten und Regeln in ihrem Inneren, den Staat mit seinen Institutionen. Die Kom-munikation zwischen den Staaten. Entscheidungen über Krieg und Frieden.

Ich betrachte die bunten Haare, ihre Konzentra-tion beim Handytippen, die nackte Haut des Mädels. War es nicht immer so, dass die Älteren den Jüngeren nichts zugetraut haben? Dass sie geklagt und sich ge-fragt haben, wie es weitergehen, wie es einmal wer-den soll?

Dann eine unscheinbare Haltestelle irgendwo auf dem Land. Aufbruchstimmung. Die Türen fliegen auf. Schwarze Rucksäcke, viele Flaschen, Trubel, der ganze Wagen scheint sich zu entleeren, wie ein Darm („Alles muss raus"). Getrampel. Viel Gerede. Die Techno-Rhythmen entfernen sich. Irgendwann: Ruhe, schlagartig. Die Tür ist zugegangen. Ende der Parallelwelten. Der Fahrer wiederholt zum x-ten Male die automatische Ansage mit eigenen Worten. Dann fährt die Bahn weiter: in eine ungewisse Zukunft.

(nw, 09.08.2015)

In der Waschstation

Ich stehe vor der linken äußeren Kabine einer Waschstation und warte. Alle zehn Kabinen sind belegt mit großen, meist eingeschäumten Karossen. Männer steigen auf Außenbleche, um das Autodach mit Hingabe für den Hauptwaschgang vorzubereiten oder den Schaum der Hauptwäsche akribisch zu entfernen. Autotüren werden auf- und zugeschlagen, Waschpistolen in Stellung gebracht und lautstark abgefeuert. ‚Neue' Autos verlassen die Kabinen, schmuddelige fahren hinein. Über einen breiten gepflasterten Vorplatz kommen Neuankömmlinge heran und bringen sich auf markierten Flächen gegenüber den Kabinen in Stellung. Der geübte Fahrer bleibt geduldig in seiner Schmutzkarosse. Der Ungeübte steigt aus und macht sich mit den Zahlungsmodalitäten und der Bedienung der Reinigungsgeräte vertraut. Außerdem muss entschieden werden, was man seinem Sprössling Gutes zukommen lässt. Als da wären: Hochdruckreinigung, Unterbodenwäsche, Schaumbad, Politur und vieles andere.

Ich habe eine Sonderstellung unter all den Wartenden. Ich falle mit meinem Fahrrad mit verschmutzter Kette irgendwie aus dem Rahmen. Ich bin das schwarze Schaf, das Greenhorn oder das Weichei in einer Männergesellschaft. Wer hierher kommt, hat wirklich schmutzige Wäsche zu waschen, und das auf vier und nicht bloß auf zwei Rädern. Ich frage den Porschefahrer in der Kabine vor mir, ob hier mit Münzen oder Karte bezahlt wird? Er starrt mich ungläubig an und hält kurz inne. „Mit Münzen natürlich", sagt er und zieht einen großen fingerlosen Stoffhandschuh an. Er sei gleich fertig, höre ich noch, als er hinter seiner Limousine verschwindet. Porschefahrer, denke ich verächtlich. Allein dieses große aufragende Heck ist eine Provokation für alle, die hinterherfahren müssen, von der möglichen Geschwindigkeit und vor allem der Beschleunigung ganz abgesehen. Sein schwarzer Cayenne jedenfalls ist vollkommen sauber, er scheint nur mit den Felgen beschäftigt zu sein. Mit dem großen Handschuh fährt er in jedes Segment und holt Unrat aus den Tiefen, um den niemand weiß als er. Nach erfolgter Reinigung tunkt er den Handschuh in ein mitgebrachtes Wundermittel und geht dann zur nächsten Felge über.

Mir ist kalt und es ist feucht. Kein Wunder: in jeder Kabine sind Hochdruckreiniger im Einsatz. Kleinste Wasserteilchen schweben überall in der Luft. An Samstagen wie heute ist die Autolobby dauerhaft präsent: von 9 bis 20 Uhr herrscht Hochbetrieb in der Waschstation. Dahinter ist ein Einkaufszentrum mit großem Parkplatz. Über der Einfahrt der Waschstation hängt ein Werbeplakat: Waschen und Shoppen! Das trifft es eigentlich. Was braucht ‚Mann' mehr?

Ein Einbeiniger, auf zwei breite Krücken gestützt, stapft über den Vorplatz der Waschstation. Es laufen aber auch Typen hier herum. Er humpelt umständlich auf mich zu. Ich kann kaum glauben, dass er wirklich nur ein Bein besitzt. Er könnte das abhanden gekommene Bein angewinkelt in der geräumigen Hose versteckt haben, wie in jenem Film. Wie hieß er gleich? De Gaulle sollte erschossen werden. Ein als Einbeiniger Verkleideter durfte freundlicherweise die Absperrung passieren. Das hätte den Präsidenten fast das Leben gekostet. Zumindest im Film. Wie man sich irren kann.

Plötzlich schießt eine Pistole unter Hochdruck Wasser auf ein Autoblech. Ich fahre zusammen. Der Porschefahrer hat mit dem Abspritzen der Felgen begonnen. Jetzt will er es wissen. Er gibt jeder noch so kleinen Ritze die volle Dröhnung, den ganzen Druck. Felgen haben nun einmal vollständig sauber zu sein.

Um mich herum ist ein An- und Abfahren. Kabinen werden neu belegt. Ich bleibe der Kabine des Porschefahrers treu. Sie liegt am Rand des Geschehens und ist somit genau richtig für einen Underdog, einen Unterprivilegierten. Radfahrer spielen immer nur die zweite Geige. Im Straßenverkehr und in der Waschstation. „Ich bin gleich durch", ruft der Porschefahrer beschwichtigend. Er wirft eine weitere Münze ein und beginnt mit einer weichen Schwammbürste das schwarze Metall seines Cayennes einzuschäumen. Ich hoffe, dass er sich nur die besonders beanspruchten Partien vornimmt. Zum Beispiel das Nummernschild, das er gerade einschäumt: KA-HP-482. Aha, er wohnt in Karlsruhe, heißt Hans-Peter und hat seinen Führerschein '82 im April gemacht. Wie leicht diese Typen zu durchschauen sind.

Nach dem Nummernschild die Stoßstange und dann die Kotflügel: es ist kaum zu glauben, der Kerl schäumt seine ganze Karre ein. Und das in aller Gemütsruhe. Der schwarze Porsche war sauber, definitiv. Jetzt ist er weiß, wie eine mit Sahne dekorierte Torte. Und ich stehe hier und schaue auch noch zu, diesem Kerl, der nur eines wirklich gut kann: beschwichtigen!

Ich werde also wieder einmal den Kürzeren ziehen. Ich werde zuhause einen Eimer heißes Wasser über meine Kette leeren. Das muss reichen. Waschstationen sind für Fahrradfahrer ungeeignet. Wir werden dort einfach nicht für voll genommen.

(nw, 22.12.2012)

Heute stimmt etwas nicht

Ich rolle langsam auf die grauen Betonplatten. Zum Glück ist kein anderer vor mir. Ich stelle den Opel direkt neben den Staubsauger und beginne – ein jahrelanges Ritual – den Innenraum für die Reinigung herzurichten: zuerst alle vier Türen auf, dann die Fußmatten raus, danach die Kassetten, den Münzspender, den Fensterschwamm und den Feuerlöscher in den Kofferraum, dann das 50-Cent-Stück aus der hinteren Hosentasche in den Automaten …

Aber halt, heute stimmt etwas nicht. Der Schlitz ist verklebt. Was soll das heißen? Ist der Sauger etwa defekt? Ich schaue mich um, sehe aber kein Hinweisschild oder Ähnliches. Dabei fällt mein Blick auf einen roten Kasten auf der gegenüberliegenden Seite. Den habe ich hier noch nie gesehen. Ist das der Ersatz für den alten Staubsauger? Ich schleiche unentschlossen um den mannshohen Apparat. Nicht neugierig, eher missmutig, denn der Alte hätte es noch getan. Es gibt Geräte, die sind ohne Schnörkel, leicht bedienbar, die funktionieren einfach nur und sind nicht kaputt zu kriegen. Der alte Staubsauger gehörte in diese Kategorie, zweifellos. Ich habe den Chef, vorne im Tankstellenhaus, schon lange nicht mehr angetroffen. Vielleicht hat der Junior jetzt übernommen und macht Ernst mit dem neumodischen Schnickschnack, wie der Chef es nannte. Und mit den Saugern hat er begonnen.

Ich starre auf den roten Kasten mit Anzeigefenster und Beschriftung. Step1 bis 5 steht hier. Step! Wenn ich das schon höre. Ich möchte keinen Englischkurs belegen und kein Buch lesen müssen. Ich möchte einfach nur meinen Opel saugen. Aha, das ist interessant: ‚Luftdruck nachfüllen *und* Saugen. Two in one. Für nur einen Euro.' Den Luftdruck brauche ich nicht. Preisaufschlag fürs Staubsaugen: schlappe 100 Prozent. So macht man das also. Ich drücke widerwillig eine Münze in den Schlitz.

„Bitte stellen Sie den gewünschten Luftdruck ein", sagt eine freundliche Frauenstimme. **„Sie haben noch drei Minuten."**

„Wie Luftdruck? Was heißt noch drei Minuten? Ich möchte den Wagen saugen", rufe ich verärgert. „Wo ist hier der Umschaltknopf?" Eine Uhr hat zu ticken begonnen. Auf der Anzeige wird die verbleibende Zeit im Sekundentakt zurückgezählt. Also muss ich mich wohl oder übel auf das Roman-Lesen einlassen.

„Brille. Wo ist meine Brille? Mein Gott die Zeit läuft." Step1: Funktion wählen. Step2: Luftdruck mit der Plus- oder Minustaste einstellen. Betrifft mich alles nicht. Weiter, weiter. Step5: Wenn Sie die Funktion Staubsaugen gewählt haben ... Hier, das ist Meines.

„Sie haben noch zwei Minuten." Wieder die Frauenstimme. Wieder diese aufgesetzte Freundlichkeit.

Mit dem Daumen und mit aller Kraft drücke ich die Staubsauger-Taste.

„Bitte stellen Sie den gewünschten Luftdruck ein", sagt die freundliche Stimme.

„Nix Luftdruck, ich habe Staubsaugen gedrückt. Staubsaugen, hören Sie?" Immer wieder drücke ich die Taste, mit immer dem gleichen Effekt. „Bitte stellen Sie den gewünschten Luftdruck ein!" „Blöde Kuh!" Ich hätte nicht geglaubt, dass ich eines Tages einen Automaten beschimpfen würde. Aber was bleibt mir übrig bei diesen neuen, quasselnden und nicht einmal funktionierenden Geräten?

„Sie haben noch eine Minute." Es beginnt im Sekundentakt zu tuten.

Jetzt ist Handeln angesagt. Egal wie. Den ganzen Innenraum in einer Minute? Ich nehme den Luftdruckschlauch mit Ventilaufsatz und verschwinde im Inneren meines Opels. Wenn schon nicht saugen, dann blase ich den Staub eben weg, meinetwegen auch mit Hochdruck. Ich fahre über die Ritzen an den Armaturen, Staub und Schmutzkörner wirbeln auf. Dann kommt das Sitzpolster. Dabei reißt es ein Loch in den karierten Stoff. Schaumstoffpartikel und Federn fliegen im Wageninneren umher, ich weiß gerade nicht wie mir geschieht, muss niesen, verliere den Schlauch aus den Händen, und plötzlich - „ha-ha-hatschi" – ist es still um mich herum.

„**Vielen Dank für Ihr Vertrauen. Wir freuen uns auf Ihren nächsten Besuch",** verabschiedet sich die freundliche Frauenstimme.

(nw, 11.10.2015)

Im Luftkurort

Also. Ich stehe an dieser Haltestelle, unter diesem Holzverschlag mit Ausguck. Hinter mir diese Frau, älteren Datums, scheinbar aus der näheren Umgebung. Links von mir: eine schüchterne Junge mit aufgestelltem Schlitten. Rechts von mir, fast mit Körperkontakt: eine Lederjacke. Ihr Träger tippt gerade etwas in sein kleines Smartes.

Vor unser aller Augen, direkt vor der Bushaltestelle, nichts als Chaos, wo üblicherweise Friedhofsruhe herrscht. Vor uns, die Hauptstraße eines Luftkurorts im Ausnahmezustand. Wenn es hier oben schneit, sind alle umliegenden Städter aus dem Häuschen. Weil es das Weiße nicht mehr bei uns gibt, geht alles, was Kinder und Skier hat, am Wochenende hier hoch und verwandelt den Luftkurort in eine Autobahn, auf der nichts, aber auch gar nichts mehr geht. Blechkisten, soweit das Auge reicht, eine Kolonne im Stillstand, weil ein- und ausgeparkt wird, weil Familien mit Schlitten samt kindlicher Beladung und uralte Abenteurer immer wieder die Straßenseite wechseln. Ein großstädtisches Getümmel in einem ansonsten beschaulichen Ort. Schneefall, nass und dauerhaft, Kältegrade, sogar dunkle Wolken sind aufgezogen.

„Hallooo", brüllt die Lederjacke in ihr kleines Smartes. „Bist du es, Charly?" Er spricht jetzt direkt in mein rechtes Ohr. „Jesses", sagt die Ortskundige hinter mir. „Mein Gott, das ist nicht normal." „Vierzehn Uhr sechsunddreißig", antwortet die Schüchterne leise einem Dahergelaufenen, der die kleingetippten Fahrzeiten erst gar nicht zu lesen versucht. Ein Dicker mit Mini-Hündchen passiert die Haltestelle. Das Tier mit Mäntelchen und Zöpfchen hebt sein Beinchen und bepisst eine gelbe Stelle im Schnee. Der Dicke beobachtet liebevoll die unschöne Kreatur. Das Weiß bedeckt bereits seine Schultern, sein Haar und seine Wampe. „Was geht?" fragt die Lederjacke. „Mein Gott", fällt ihm die Ortskundige ins Wort. „Wo wollen die alle hin?" „Schweinekalt hier oben." Die Lederjacke klemmt das Handy zwischen Ohr und Kragen und haucht in die Hände. Er trägt eine Jeans, die vor Kälte steif geworden ist. Sein Sweat- oder gar T-Shirt hat es nicht bis in die Hose geschafft. Das ganze billige Kleiderchaos wird zusammengehalten von einer abgetragenen Lederjacke, die noch nie gewärmt haben kann. Nackte Hände, nackter Hals, unbedeckter Kopf: egal, Hauptsache das Tippen auf dem smarten Scheibchen funktioniert noch.

Ab und zu macht die Lederjacke einen Schritt aus dem Holzverschlag, hält das Handy in Augenhöhe, schießt ein Foto und versendet es gleich darauf. Unauffällig trete auch ich einen Schritt nach vorne und versuche das Motiv zu erkennen, das die Lederjacke eingefangen hat. Einfache Wohnhäuser, ein paar Bäume, Schneefall, Teile des Haltestellendachs. Ich hätte es wissen müssen: die ganz alltägliche Langeweile, mit der er seinen Bekanntenkreis belästigt. Jeder hat ja heute die Möglichkeit andere an allem Mist, den er gerade sieht, teilhaben zu lassen. Und eines ist garantiert: die Angesprochenen werden mit ähnlichem Mist Sekunden später antworten. Seit es Handys gibt, fliegen Belanglosigkeiten, Zeitfresser und dumme Bilder en masse durch die Atmosphäre und belästigen mit einem Klick ein massenhaftes Publikum.

„Jesses", lamentiert die Einheimische. „Das glaubt mir keiner." Die Schüchterne schaut jetzt öfter auf die öffentliche Uhr. Eine Mutter mit mürrischem Kind passiert die Haltestelle. Die Lederjacke hat gerade den verpissten Schneehaufen im Visier (ein Scherzfoto).

Und dann, endlich! Ein rotes pralles Gefährt, das einem Stadtbus verdächtig ähnlichsieht, hat sich weit hinten in die Kolonne eingereiht, um Minuten später alle und jeden ohne Ansehen von Alter, Gewohnheiten, Geschwätz und Auskühlungsgrad in sein Inneres aufzunehmen. Endlich geschafft!

(nw, 17.01.2016)

Orangefarbene Alphatiere

Samstag ist Großkampftag in der Sammelstelle. Jeder hat sich insgeheim auf das Wochenende gefreut, wo er den ganzen sperrigen Hausmüll wegfahren kann. Das Nest ist dann sauber. Das eigene Reich wieder rein. Und der Müll ist ordnungsgemäß entsorgt. Sogar getrennt. Gibt es ein besseres Gefühl für die Herren der Schöpfung?

Männer. Überall Männer. Es wimmelt nur so von ihnen. Wertstoffe zur Sammelstelle bringen ist eine Männersportart. Sie stehen grübelnd vor Containern, sie besteigen provisorisch angebrachte Metalltreppen, sie zerren Kühlschränke aus Autos, öffnen Wagentüren und Kofferräume, sie laufen zielstrebig zu Containern mit langen Hölzern und unförmigen Plastikteilen. Große Karossen halten an oder fahren ab. Eine neblige Suppe hängt über dem weiten Gelände. Ein Laubbläser in der Ferne gibt die passende Geräuschkulisse. Die wenigen Bäume hier sind kahl.

Zwischen all diesen Akteuren (männlicher Bauart) sind orangefarbene Alphatiere postiert. Sie stehen breitbeinig, sie rühren sich nicht von der Stelle, es sei denn, dass Aluminium in die Holztonne, Plastik zu den Gartenabfällen oder Laub in den Metallcontainer geworfen wird. Dann greifen sie ein, mit lauter Stimme, geben Kommandos, verteilen Rügen. Die Szene hat etwas von einem Gefängnishof mit Freigang. Alle sind freundlich zu den Wärtern. Alle hoffen, dass ihre Fracht - meist mit doppeltem Boden (weil untrennbar) - nicht auffliegen wird. Das wissen die Wärter natürlich. Sie kennen die Tricks ihrer Untergebenen. Sie sind ja nicht erst ein paar Tage hier. Wer es bis hierher geschafft hat in die städtische Sammelstelle, fristet sein Berufsleben beschaulich zwischen Containern und Abfallbergen. Die Alphamenschen bestehen auf die Trennung der Abfälle, obwohl am Ende – vielleicht – der ganze Müll auf der gleichen Deponie landet, irgendwo in einem fernen Land, wo Deponien manchmal auch lichterloh brennen, und alles ehemals Getrennte miteinander verschmilzt und eins wird. Aber wen interessiert das schon, hier, heute, jetzt in der Wertstoffsammelstelle?

Etwas ratlos stehe ich vor dem Chaos in meinem Wageninneren. Der Kofferraum ist geöffnet. Vor mir eine Tonne mit großen Lettern: Baustoffe. Um mich herum ein Kommen und Gehen. Es wird getragen, gestemmt und gewuchtet. Ein orangefarbenes Exemplar nähert sich und bleibt breitbeinig, mit verschränkten Armen neben mir stehen.

„Das da", donnert er, „sind Dämmstoffe. Damit sind Sie hier verkehrt."

„Aha", sage ich. „Das habe ich nicht gewusst."

„Und die da", er deutet auf die alten Skier und die zerfetzten Skischuhe, „das ist Sondermüll. Die nehmen Sie schön wieder mit."

„In Ordnung", pflichte ich ihm bei.

„Und hier", er hat sich einen halbvollen Sack mit Zementresten geschnappt. Der Zement ist steinhart und schwer. Er hält ihn mit einer Hand in die Höhe. „Können Sie das lesen?"

„Ja", sage ich. „Mörtel für den Außenbereich."

„Den hätten Sie vorne anmelden müssen. Da drehen wir nochmal eine Runde."

„Wird gemacht", sage ich mit einem letzten Rest an Freundlichkeit. Ich will ja meinen Müll loswerden. Dafür nehme ich manches in Kauf.

„Und das hier ist Elektroschrott." Er deutet auf den uralten Tauchsieder mit verkalkter Spirale. „Nicht bei uns."

„Äh, was kann ich hier überhaupt loswerden?"

Er schaut orangefarben, traurig auf mich herab. „Sieht schlecht aus, Kumpel." Er hält die Handflächen in die Höhe, wie wenn er sich ergeben müsste oder um Gnade flehte.

„Ich hab die Regeln nicht geschrieben. Ich mache hier nur meinen Job." Er schaut auf seine billige Armbanduhr. „Aber jetzt müssen Sie das Gelände verlassen. Feierabend."

„Feierabend, Leute!" brüllt er über den weiten Platz.

Die Männer um mich herum erledigen noch rasch letzte Handgriffe. Die orangefarbenen Alphatiere trotten zum Werktor. Ich rolle langsam nach draußen, den Wagen so voll wie bei der Einfahrt. Ich habe heute wirklich Pech gehabt. Meine Stimmung entspricht dem trüben Novemberwetter. Tage, an denen man mit voll beladenem Auto gegen den nächstbesten Baum vor der Sammelstelle fahren will. Und ich hatte noch so eine Vorahnung, als ich den Müll zuhause in den Wagen drückte.

(nw, 26.11.2016)

Die neue Marilyn

Ich bin ein Muffel. Morgens geht gar nichts. Manches muss trotzdem in der Frühe passieren zum Beispiel das Haareschneiden. Also betrete ich den Friseursalon. „Moin", sage ich kurz und suche im Geldbeutel die Vorteilskarte. „Guten Morgen", antwortet eine glockenhelle Stimme. „Was darf ich für Sie tun? Wie hätten Sie es gerne?" Ich schaue nach oben. Das ist wohl eine Neue. Blond, langes Haar (wie aus der Werbung), gepflegtes Äußeres, schwarze Bluse, enganliegender Rock, Mittelalter. Ein wenig wie Marilyn Monroe in ihren reiferen Jahren. Aber: das alles ist mir egal. Hinstellen, Haare schneiden, Klappe halten. Mehr will ich nicht um diese Uhrzeit. Mehr verlange ich nicht, auch von der hübschesten Friseurin, die jemals diese Räume betreten hat. „Wie immer. Zwölf Millimeter." „Ich sehe, Sie sind vom Fach", sagt sie gut gelaunt. Ihre Hand deutet auf das Waschbecken an der Wand.

Wenig später massiert sie meine Kopfhaut, sie krault, schabt und kratzt mit schaumigen Händen. Ein Schauer durchzuckt den muffligen Körper. Aber ich bin mir sicher: es sind nicht Marilyns Hände, es ist die Wassertemperatur, das angenehm Warme, fast Heiße, das mich erschauern lässt. Ein Reflex, weiter nichts. Gefühle am Morgen, das funktioniert nicht, zumindest nicht bei mir. Während sie mich zum Friseursessel führt, hält sie den geflochtenen Handtuch-turban fest im Griff. Es ist, wie wenn man einen Hund an der Leine führt, einen Dackel etwa, der dorthin watschelt, wo Herrchen es will, oder eben Frauchen.

Als ich auf dem Stuhl mit übergeworfenem Um-hang sitze, beginnt die Stimme hinter mir Ideen zu entwickeln, wie mein Haar geschnitten werden könnte. Sie zieht ganze Büschel nach links, rechts oder oben. „Vielleicht mit Scheitel, ich bin mir nicht sicher. Oder nach hinten?" sagt sie gutgelaunt und streicht mit beiden Händen die Haare zurück. „Fang' endlich an!" würde ich am liebsten schreien. „Und hier machen wir eine Stufe rein", sagt sie ruhig. „Da hinten würde ich gerne ausrasieren. An der Seite dann steil nach oben. Das ist hipp." Ihr Spiegelgesicht lacht mich an. „Es ist nur ein Versuch", flötet sie be-reits schnippelnd. „Ein Irreversibler", ergänzt meine innere Stimme. Ich lasse sie missmutig gewähren.

„Da oben schneide ich eine zweite Stufe hinein. Das sieht flott aus und macht Sie um Lichtjahre jün-ger." „Ich weiß nicht", wehrt sich der Nörgler in mir. Als sie aber ihre Brüste an mich quetscht, um von hin-ten an den Pony zu gelangen, ist es um mich gesche-hen. Ab diesem Moment bin ich wie eine Marionette, die in der Luft baumelt, nicht wissend, was gespielt wird und wie das Stück enden soll. Sie könnte mir jetzt ein kreisrundes Loch aus dem dichten Haar sä-beln oder kleine quadratische Flächen ausrasieren (der sogenannte Rittersport-Look) oder die Haare nach oben aufstellen, wie ein geiler Hahnenkamm, hochrote Färbung inklusive. Solange ihre Brust an meiner Schulter klebt, bin ich ihr ausgeliefert, bin Trainingsobjekt, Spielwiese und Versuchsgelände. Das Blut sackt ab in tiefere Regionen. Selbstbestimmtheit: war einmal.

„Sie sind ein Mutiger", sagt sie, wie wenn sie ein Kind zum Durchhalten animieren müsste und legt den linken Ohrlappen vollständig frei. Die zugehörige Kotelette befindet sich bereits im freien Fall. „Und ein Hübscher", haucht sie in das freigelegte Ohr. Mein Hirn hat aufgehört zu denken. Das zuletzt Gesagte taumelt durch die endlosen Windungen. Immer wieder knallt es gegen die rundlichen Membranwände. „Ein Hübscher", echot es. Das hat lange niemand gesagt. Während sie das zweite Ohr aus den Haaren schält, gewährt sie mir tiefe Einblicke in ihre Friseurinnenbluse. Aber meine Augen müssen doch irgendwo hinschauen! Man kann auf einem Friseursalonsessel nicht nichts sehen. Sogar als hilflose Kreatur mit Vollidiotenschnitt. Wo ich auch hinschaue, sehe ich ihren wunderbaren Körper.

Am Ende steht sie hinter mir, wie auf einem antiken Gemälde. Ich, der dicke Alte im Vordergrund thronend. Sie, die bessere Hälfte, die den Laden zusammenhält, die Strippen zieht. Ihre Hände liegen auf meinen Schultern. Ihre Brüste auf Augenhöhe hinter mir. Das alles ist sehr familiär und vertraut. Jetzt gäbe es nur noch eine Steigerungsform: den Nackenkuss. Dann säße ich in der Falle. Im öffentlichen

Raum, auf einem eckigen Kunstledersessel, einer Friseurin verfallen. Hilflos.

Dass wir uns an der Kasse nicht mit Kuss-Kuss verabschieden, ist kaum vermittelbar. Was sie für das Experiment am lebenden Objekt verlangt hat, weiß ich nicht. Ich habe ihr einfach den Geldbeutel gereicht, dass sie den passenden Betrag entnehme. Der Sinn von Vorteilskarten ist mir vollständig entfallen. Das Abbürsten der Kleidung ist ein letztes Streicheln, ein Zurückschieben in den Alltag. Nur, dass es bei mir nicht wirkt. Als ich den Salon verlasse, bin ich benommen, nicht mehr zurechnungsfähig. Den Typ im Spiegel am Ausgang kenne ich nicht. Er hat nicht das Geringste mit mir gemein.

(nw, 13.06.2017)

Tante Emma lässt grüßen

Ich warte vor einem Tresen, auf dem eine alte Kasse steht. Vor mir ein kräftiger, älterer Mann mit Ohrring. Er nimmt gerade Tante Emma, hinter dem Tresen, in Beschlag. Dauerschleife. Kein Durch- beziehungsweise kein Drankommen. Dabei will ich doch nur mein Paket abholen, das man hier hinterlegt hat, weil ich nicht zuhause war. Warum ich die Verkäuferin, vermutlich die Inhaberin, Tante Emma nenne? Man muss sich hier nur einmal umschauen. So stelle ich mir einen Krämerladen in grauer Vorzeit vor. Draußen mit halb kaputter Leuchtreklame, innen praktisch kein Tageslicht, Neonlampen, die Gassen und Gänge mit altem Teppich ausgelegt, und überall Elektroartikel und Ersatzteile, an den Wänden und in den Regalen, aufgestapelt ohne erkennbares System. Neben dem Eingang steht eine Palette mit Päckchen und Paketen, ein Zufallsturm, der so aufgebaut wurde, wie sie hereinkamen. Berühren verboten! Sonst fällt das Kartenhaus zusammen. Wahrscheinlich implodiert gleich danach das ganze Ladengeschäft. Was bliebe, wäre eine riesige Staubwolke. Dass es so etwas noch gibt!

Der Mann mit Ohrring hat alle Zeit der Welt. „Die war noch aus echtem Metall, nicht dieser Plastikkram von heute", sagt er voller Leidenschaft. Wenn ich es recht verstehe, spricht er von einer Kamera. Sein Ohrring ist goldfarben. Ich vermute, er ist schwul. Tante

Emma ist eine reife Frau, groß, mit ausladenden Brüsten, die sich heben und senken, wenn sie freundlich gestikuliert oder gut gelaunt lacht. Sie ist vermutlich das schlagende Argument, warum die Rumpelkammer überhaupt noch besucht wird. Sie hält das Geschäft am Leben und die männliche Kundschaft bei der Stange. Die Lizenz Pakete einzulagern ist ihre Lebensversicherung.

Ich drehe mich vom Tresen weg und schlendere gelangweilt durch den nächstbesten Gang. Kabel und Adapter aller Größen und Farben liegen hier herum oder hängen von der Wand. Hinten im Halbdunkel, ein verschlissenes Plakat, wie ein großes Poster. „Ich bürge für Qualität." Darunter ein bärtiger, grimmig dreinschauender Mann. Zuhälterei, Zigaretten- oder Drogenschmuggel, vielleicht sogar Menschenhandel. Ich würde ihm alles zutrauen, außer für die Qualität von Elektroprodukten zu bürgen. Die Eingangsglocke gibt ein schrilles Geräusch von sich. Wie eine Pfeife, die nicht mehr tut. Eine schlechte Glocke in einem Elektrogeschäft. Das ist wie ein Schuster in Jesus-Latschen oder ein Friseur mit fettigem Haar. Es ist jedenfalls ein mieses Aushängeschild für die eigene Profession. Ich frage mich, wie viele Kunden die Glocke noch ankündigen wird, bevor sie ihren Geist aufgibt.

Der Ohrring will nicht von ihr lassen. Tante Emma hat scheinbar kein Problem damit, dass gleich mehrere Kunden auf Abfertigung warten. Alle mit der roten Abholkarte für Pakete und mit zunehmend längeren Gesichtern.

Also durchkämme ich den nächsten Gang. Die gute alte Glühbirne hat noch lange nicht ausgedient. Hier wenigstens. Man sieht sie in allen Varianten an der Wand, manche leuchten nicht mehr. Auf der Ablage darunter liegen aufgerissene und wieder zugeklebte Verpackungen. Daneben: Kartons mit Ventilatoren. Und wieder daneben: Staubsaugbeutel. Staubsaugbeutel? War da nicht etwas? Richtig! Im Elektrogroßmarkt wollte ich kürzlich Beutel nachkaufen. Ich habe noch nie in ein traurigeres Verkäufergesicht geschaut. „Die Marke führen wir seit Jahren nicht mehr", sagte er und deutete auf die neuen Sauger im Sortiment. 350 Euro für ein neues Gerät, nur weil es die alten Säcke nicht mehr gibt? Da lobe ich mir Tante Emma, die Frau mit den dicken Brüsten, chaotisch und unordentlich zwar, aber alles Denkbare vorrätig, sofern man es findet. Dagegen ist ein Großmarkt ganz schön klein.

Mit einem dafür vorgesehenen Besenstiel nehme ich einen Zehner-Pack von oben weg. Soll der Ohrring seine sozialen Kontakte pflegen. Mir ist es egal, ob er schwul oder bi oder hetero ist. Die langen Gesichter der wartenden Kunden tangieren mich nicht. Ich kam wegen eines Paketes und habe einen Hauptgewinn gezogen, wenigstens aber ein paar 100 Euro gespart. Wenn ich jemals wieder etwas suchen sollte, werde ich hierherkommen: in Tante Emmas liebvolle Rumpelkammer, solange es sie noch gibt.

(nw, 21.04.2018)

Hel und Rom

Natürlich werden wir sie wieder besuchen. Und natürlich werden wir anfangs wieder vor verschlossener Tür stehen, die Frau und ich. Verschlossen, klar, wegen der Kinder: Marie, drei Jahre, und Jonas, sieben Jahre. Es ist ein schöner Innenhof hinter der schweren Eingangstür, umgeben von vier in die Jahre gekommenen Wohnblocks. Man wird uns einmal mehr erst nach dem Dauerläuten entdecken. Dann folgt jedes Mal das gleiche Ritual. Hel (ihr richtiger Name ist Helene) wird sich zuerst entschuldigen, auf den Innenhof zeigen und damit auf das Gekreische der Kinder. „Keine Chance", wird sie lachend sagen, und wir werden uns umarmen, die Frau und Hel, dann Hel und ich, und ich werde dabei Hels kräftigen Busen spüren. Ob sie wieder schwanger ist? Im Innenhof wird Rom (sein richtiger Name ist Roman) bei der Holzbank stehen, auf der Taschen und Campinggeschirr abgestellt sind. Natürlich werden auch wir uns umarmen, werden uns dabei kräftig auf die Schulter klopfen, Männerbegrüßung eben. „Rom, altes Haus", werde ich sagen, „was geht?" „Alles in bester Ordnung", wird er antworten, „und selbst?" Und so werden wir langsam in ein Gespräch finden, Rom und ich, während die Kinder anfangs fremdeln. Marie wird einen gewissen Sicherheitsabstand einhalten, verschüchtert am Daumen lutschen und ihre Eltern wie fremde Wesen betrachten, deren Lachen, Gesten und Ausgelassenheit mit den Freunden sie so

73

nicht kennt. Und Jonas wird mich fragen, ob wir Fußball spielen, jetzt gleich. Darauf wird Hel antworten,
dass Erwachsene schrecklich viel zu besprechen hätten, wenn sie sich lange nicht gesehen haben. Und sie
wird Rom und mich bitten, den Tisch von der Bier-
garnitur aus dem Keller zu holen und ihn „auf's
Plätzle" zu stellen, also auf das Stück Grün im Innenhof, wo auch die Holzbank fest installiert ist.

Und irgendwann werden Rom und ich am Sand-
weg stehen, der den Innenhof zerschneidet und sich
bestens für das Boulespiel eignet. Und wir werden
konzentriert mit gezielten Würfen ein Zweierspiel
beginnen, während die Frauen am Plätzle in eines ihrer Frauengespräche vertieft sind. Rom wird wie jedes Mal von seiner besonderen Wurftechnik Ge-
brauch machen. Er reißt die Kugel noch vor dem Ab-
wurf auf geheimnisvolle Weise an, so dass sie exakt
vor dem anvisierten Ziel wie ein Stein herabfällt und
liegenbleibt. Auf meine ewiggleiche Bitte hin, wird er
mir den Verlauf des Abwurfs quasi in Zeitlupe de-
monstrieren, während uns eines der anwesenden
Kinder, meist ist es Jonas, die Sau klauen wird. „Die
Sau", das sei kurz erklärt, ist der kleine Holzball, der
mit den schweren Metallkugeln erreicht werden
muss. Was hatten wir uns nicht zu Studienzeiten da-
rin überboten, „die Sau" in unser Gespräch einzubin-
den: „Die doofe Sau" „Du wirfst die Sau" „Hau weg
die Sau". Beim zivilisierten Boulespiel im Innenhof
mit den Kindern spricht Hel vom „Säule", als wenn
eine Sache harmloser würde, wenn man sie verklei-
nert. Rom wird anfangs mit viel Geduld Jonas bitten,

das Säule wieder an die alte Stelle zurückzulegen. Jonas aber wird das mitnichten tun. Er wird wie immer einfach stehenbleiben und herausfordernd grinsen. Und Rom wird lauter werden: „Jonas, wir wollen jetzt weiterspielen." Während Rom auf Jonas zugehen und langsam in Laufschritt verfallen wird, weil Jonas davonrennt, drehe ich die metallenen Kugeln in den Händen gegeneinander und mustere den Innenhof, die langen Balkone und die Stuckverzierungen. Es sind Gebäude, die im beginnenden 20. Jahrhundert erbaut wurden, vielleicht für Bedürftige, in denen heute wieder Bedürftige leben beziehungsweise Menschen wie Hel und Rom, die keine großen Sprünge machen können. Aber egal, es ist ein schönes Gelände, ein Paradies für junge Familien, ein goldener Käfig. „Jonas!" wird Rom bald entnervt durch den Innenhof brüllen. „Die Sau her oder es knallt!" Und Hel wird ihren Mann wie jedes Mal zurechtweisen. „Sei nicht so ungeduldig", wird sie mit Engelsstimme sagen, und sie wird mit der Gummibärentüte (ohne Zucker versteht sich) winken und so den Sohn magisch anziehen, um ihm dann mit leichtem Griff das Säule abzunehmen, während Rom sich den Schweiß vom Gesicht abtupfen wird.

Bald wird Marie vor uns stehen mit Tränen in den Augen. „Was ist passiert, Marie?" wird Rom fragen, die Boulekugeln an Ort und Stelle fallen lassen, das Spiel unterbrechen und unsere Unterhaltung auch. „Eine Wespe", wird Marie stammeln. „Wie?" wird Rom fragen. „Hat sie dich gestochen? Mein Gott!" wird er rufen, wie wenn er seine Tochter gerade für immer verloren hätte. „Hel!" wird er rufen. „Marie wurde von einer Wespe gestochen." Und Hel wird alles liegen und stehen lassen und das oft durchlaufene Notfallprogramm abspulen: Wasserflasche unter den Arm, das Erste-Hilfe-Set aufreißen, Anti-Stich-Salbe auf den Zeigefinger und los spurten. „Wo Marie? Wohin hat sie dich gestochen?" wird sie aufgeregt fragen, das Kind beinahe anschreiend. Und Marie wird keinen Ton von sich geben, nur wimmern, während Rom ihren kleinen Körper bereits nach Einstichstellen absuchen wird. „Ich habe eine Wespe gesehen", wird Marie nach einiger Zeit leise von sich geben. Und die Frau und ich werden wieder einmal den gleichen Gedanken haben. Was ist das für eine Welt, in der Kinder vor Wespen zu Tode erschrecken? Wie sollen sie später mit wirklichen Problemen umgehen, wenn sie nicht einmal den Anblick einer Wespe ertragen?

„Kaffee!" wird Hel später unvermittelt rufen. „Kaffee ist fertig!" Und sie wird dabei lachend in die Hände klatschen. Angesprochen sind die Kinder und die Erwachsenen. Gleich werden alle auf der Holzbank im Innenhof sitzen, „die *wir* heute einmal in Beschlag nehmen", wie Hel sich gleich anfangs rechtfertigte (vor wem eigentlich?). Wir werden eine Serviette auf die Hand bekommen und uns kurz darauf ein Stück Gebäck aus der großen weißen Tupperschüssel nehmen, die Hel geduldig jedem unter die Nase hält: zuerst den Kindern, klar, dann uns, dem befreundeten Paar, dann Rom. Zur Auswahl stehen: Vollkornschnecken, erstaunlich dunkel und klein, ein Nussstaubkuchen vom Blech, ein Versuch Hels ganz ohne Zucker und Honig zu backen, ein paar aus der Form geratene Muffins und - ich traue mich kaum es zu sagen - Donats, diese hellen luftigen Zuckerbomben, die *wir* mitgebracht haben, wer sonst? Als Hel bei mir angekommen ist, greife ich nach einem Donat. Hels zuckerlose Backversuche sind bis dato unangetastet, ein Muffin musste Jonas nehmen, weil er den Finger hineingebohrt hatte. Dazu wird es Weizenkaffee und Milch pur aus bunten Kinderbechern geben. Die Frau, die es wieder einmal nicht lassen kann, wird die hastig entzündete Zigarette am langen Arm rechts neben der Bank vor dem Blick der Kinder verstecken, während Hel aufsteigende Rauchluft vor ihrer Nase verwirbeln wird.

Noch während wir speisen, wird Marie zu ihrer Mutter wackeln und auf das tiefhängende Windelpaket deuten. Und Hel wird mit prüfendem Blick und Griff feststellen, dass es, wie sie sich auszudrücken pflegt, „düftelt". Dann wird sie die Kleine auf die Holzbank neben die Kaffee-Gesellschaft legen und von ihrer biologischen Last befreien. Rom und ich werden einmal mehr politische Highlights der Reihe nach abarbeiten. Soll die Anzahl der Amtszeiten der Kanzlerin begrenzt werden? Sind Lobbyisten Plage oder Segen? Kann Politik wirklich langfristig handeln? Genauso wie wir es jahrelang als Studierende betrieben haben.

Irgendwann aber werde ich Farbe bekennen müssen. Schließlich hatte ich Jonas versprochen Fußball zu spielen. Die Torpfosten sind schnell auf dem Rasenstück markiert, Jonas und mein T-Shirt auf der einen und zwei Campingteller auf der anderen Seite, was Hel gerade noch durchgehen lässt. Für einen ausgewachsenen Spieler ist es nicht leicht, das rechte Maß zu finden zwischen Unter- und Überlegenheit, damit sich das Kind ernstgenommen fühlt. Aus der Ferne gebe ich Torschüsse ab, die Jonas Tor verdächtig nahekommen, aber meist neben den Campingtellern im Aus einschlagen. Dann lasse ich Jonas weit an mein Tor herankommen. Seinem Schuss aus nächster Nähe zu parieren, ist auch für mich eine Herausforderung. Solange Marie versucht, ein paar Zentimeter an der Teppichstange hochzuklettern, haben Hel und Rom tatsächlich ein paar wenige Minuten kinderfrei, würde Hel nicht ständig Jonas anfeuern und jeden Torschuss beklatschen, und würde Rom nicht die Teppichstange fest im Auge behalten. Als Eltern, als gute Eltern, hat man niemals frei.

Irgendwann wird Marie erschöpft von der Stange auf den Steinboden fallen, und das Geschrei wird groß sein. Jonas und ich werden das Spiel auf Augenhöhe bei 10:10 beendet haben und uns wie echte Fußballer am Spielende abklatschen. Jonas wird danach mit seinem Holzschwert die angeschlagene kleine Schwester piesacken, als hätte ihn unser Match in keinster Weise angestrengt. Und Hel wird bald folgerichtig feststellen: „Die Kinder sind müde." Und an Rom und mich gerichtet: „Könnt ihr den Tisch wieder nach unten bringen?"

Jetzt, in diesem Augenblick, wie ich in meinem Zimmer sitze, am PC vor ihrer Einladung und wie ich all das Beschriebene ganz deutlich vor mir sehe, wie ich bereits erahne, wie sich alles zutragen wird, frage ich mich allen Ernstes, ob ich es tatsächlich will, schon wieder einen Nachmittag bei Hel und Rom. Wir waren doch erst im Frühjahr bei ihnen, die Anfahrt ist jedes Mal beschwerlich, und die Frau ist auch nicht begeistert. Was also tun? Absagen? Absagen! Wenig später drücke ich den Allen-antworten-Button und schreibe:

„Liebe Hel, lieber Rom,
danke für eure Einladung. Gerne sind wir auch dieses Mal wieder dabei. Wir freuen uns auf euch und die Kinder.
Herzlichst eure …"

(nw, 26.07.2018)

In Gedanken auf Reisen gehen

Pelle und ich sind unterwegs

Pelle und ich sind unterwegs. Die gewohnte Runde durch unser Viertel. Es hat zu regnen begonnen. Aber das kennen wir schon. Die vergangenen Tage waren grau in grau. Die Hauswände sind vollkommen durchnässt, die Farben ungewöhnlich dunkel. Laub schwimmt in den Pfützen. Der Boden ist manchmal gefährlich glatt.

Was, frage ich mich, wenn es nun immer weiter regnen würde, tage-, wochen-, monatelang? Wenn der Himmel seine Poren nicht mehr schließen würde? Immer nur Bindfäden Stunde um Stunde. Und was, wenn es nicht nur anhaltend regnete, sondern auch ungemein heftig, viele Liter auf einen Quadratmeter? Wenn die Wetterfrösche am Abend bestens gelaunt, fast scherzhaft, ihre Hiobsbotschaften einem matten, kaum mehr aufnahmefähigen Fernsehvolk wortreich verkündeten: „gebietsweise lang anhaltend" „örtlich mit Starkregen" „eine Gewitterfront mit zehntausenden Blitzen" „berichten wir, wenn die Gefahr vorüber ist". Dann zeigten sie mit ihren großen Wetterfrosch-Pfoten, helle Hände an braun gebrannten Armen, auf große Landkarten und strichen darüber gegen den Uhrzeigersinn, um wieder einmal die Drehrichtung eines Tiefs auch dem letzten Zuschauer anschaulich zu beschreiben. Eines Tiefs, das einfach nicht vom Fleck komme und sich in dieser oder jener Region festgesetzt habe.

Was, frage ich mich, wäre, wenn die Gullys (die von gedankenlosen Ignoranten auch zur Abfallentsorgung genutzt werden) keinen Tropfen mehr schluckten, sondern im Gegenteil alles ausspien, wie ein Magen-Darm-Kranker? Wenn die Abwässer in den Hauskellern ein Ventil suchten und fänden, wenn Exkremente und Lebensmittelvorräte zuerst die Keller und dann die ebenerdigen Geschosse überschwemmten? Wenn Menschen, wie von einer höheren Macht angeordnet, mit großen Besen - jeder kehre vor seiner eigenen Tür - das eindringliche Wasser von ihren Eingängen wegkehrten – Sisyphus lässt grüßen - , und wenn dann Stunden später endlich Erschöpfung einträte und sich die von Anstrengung gezeichneten Körper in ein höheres Geschoss schleppten, um auf provisorisch aufgestellten Pritschen zur Ruhe zu kommen, was nicht gelänge, weil Angst in der Luft läge, sowie die bange Frage, ob die tragenden Partien des Hauses halten würden, was die Statiker einst (so ist zu hoffen) errechnet und vertraglich zugesagt hatten. Was also, wenn man befürchten müsste, dass einem vor lauter Regen der Himmel auf den Kopf oder das eigene Dach auf den Schädel fiele?

Und noch schlimmer. Was wäre, wenn man sich in nassem Ölzeug (trockenes gäbe es keines mehr) und löchrigen, für diesen Zweck nicht vorgesehenen Gummistiefeln endlich in das oberste Geschoss flüchtete, von wo aus man keine Häuser, sondern nur mehr Dächer in einem großen See vorfinden würde? Und wenn man schließlich unter Einsatz seines an einem Faden hängenden Lebens auf einen Kamin kletterte und hoffte, dass dort verharrend aus der Luft (von wo auch sonst?) Rettung käme, dass man, an ein Seil gehängt, behutsam in schwindelnde Höhen aufstiege, was man, obwohl im wahren Leben kaum zu ertragen, in diesem Fall sogar genösse? Weh dem aber, den das Nass von den Dächern wegspülte und mitschleifte und mit dessen hilflosem Körper sein Spiel triebe (ein Spiel auf Tod, nicht mehr auf Leben), bis er in einem reißenden Fluss endlich dem Meer entgegentriebe, dem Element, von dem man sagt, dass in ihm das Leben begonnen habe. Und was, wenn es dort auch endete, das eigene und das Hunderter und Aberhunderter anderer Unglücklicher?

Pelle ist nass bis auf das Fell, ich bis auf die Haut. Wie zwei geschundene Kreaturen warten wir vor der Eingangstür, dass jemand öffnet. Pelle wird drinnen seinen Lieblingsknochen bekommen, ich werde mich in eine Wanne mit heißem Wasser legen. Dort werde ich die Tageszeitung studieren: Politik, ein wenig Sport, vielleicht das Feuilleton, ganz sicher aber: das Wetter.

(nw, 12.09.2014)

Im Hades

Ich liege in der Horizontalen. In einem sterilen Raum. Schmucklos. Um mich herum Gerätschaften aller Art, nur Funktionales. Man will meine Herzfunktion überprüfen. „Reine Routine", wie die junge Helferin zu beruhigen versucht. Sie legt ein Gewirr von Kabeln auf meinen nackten Bauch und beginnt Saugnäpfe auf meine Haut zu pressen. Dann drückt sie den Startknopf und lässt mich mit einem „Bin gleich zurück" alleine.

Ich schließe die Augen. Was, wenn ich jetzt abglitte in die Niederungen der Medizin, in die Fänge des weißen Mannes? Sagen wir, durch ein plötzlich auftretendes Stechen, eine innere Verkrampfung, einen nie gespürten Schmerz in meiner Brust (was wissen wir schon über unser Innenleben?). Ich würde zu rufen und mich aufzurichten versuchen, was vor lauter Schmerzen nicht gelänge. Und was, wenn ich dann das Bewusstsein verlöre und sie mich fänden Minuten später, wenn sie, verwundert zwar, aber kühlen Kopfs und routiniert, erste Hilfe leisteten, der Arzt und seine Mätresse? Wiederbelebungsversuche nach abgesetztem Notruf. Die anderen Patienten hätten jetzt zu warten, wo immer sie sich befänden (ein Gedanke, der mir Genugtuung verschafft). Dann das volle Programm: Krankenwagen, Verlagerung von Trage A auf Trage B, Beatmungsmaske, Infusionsflaschen. Dann ab, über holprige Straßen in einem Gefährt mit beleuchtetem Innenraum, von einem ausgebildeten Geisterfahrer namens Rettungssanitäter angetrieben (ein Experte im Durch-die-Straßen-heizen), der sich die Vorfahrt mit lautem Getöse - tatütata tatütata - einfach holte, wenn er sie bräuchte, vielfach schimpfend über Unbelehrbare, sogar in Notsituationen. All das würde geschehen, um irgendwann die noch am Leben vermutete Fracht in einem Krankenhaus, Notaufnahme, abzuwerfen. Ein Team, im Vorhinein unterrichtet, würde mich rasch in den Not-OP verbringen. Dort wimmelte es geradezu von Grünzeug und Marsmenschen mit sicher einstudierten Handgriffen, bei allem was sie verrichten. Irgendwann der Schock aus der Dose, zwei Elektroden - faustgroß - auf meinen Körper gepresst, würden mich auf dem OP-Tisch liegend zum Hüpfen bringen. Danach Kontrolle, erfolglos, und noch einmal in die Luft mit dem Typen. Und so würde es gehen, bis irgendwann ein frustriert dreinschauender Arzt ein Handzeichen gäbe: „Nichts zu machen, der Junge ist hinüber." Zustimmendes Nicken allerseits, zum Teil außer Atem, unauffällige Blicke auf Armbanduhren oder Handys, das Schicht-Ende in Erwartung (auch Ärzte sind nur Menschen). Und was, wenn man diesen leblosen Körper, der meinen Namen trüge, auf einer Bahre durch lange unterirdische Gänge schöbe, immer weiter hinein in das biberbauartige Labyrinth unter dem Krankenhausgelände? Ein Kühlfach wäre bereits geordert für den Neuen, den Leblosen. Was also, wenn das auf einer harmlosen Liege im Behandlungsraum eines praktischen Arztes vor wenigen Minuten begonnene Drama hier unten im Hades des Ortskrankenhauses unspektakulär, in völliger Abgeschiedenheit, von keinem Angehörigen oder Freund dieser Welt erahnt, sein jähes Ende nähme?

Die junge Helferin steht plötzlich neben mir, die Messung ist zu Ende. „Aber Sie schwitzen ja", sagt sie und tupft meine Stirn, während sie den Puls zu suchen beginnt. „Hoher Ruhepuls: irgendetwas nicht in Ordnung?" fragt sie stirnrunzelnd. „Alles bestens, Schwester", sage ich und versuche Gelassenheit auszustrahlen. „Ich war nur in Gedanken. Gut, dass es zu Ende ist. Haben Sie vielen Dank."

(nw, 04.06.2015)

Rekorde

Ich fahre auf den metallenen Gittern, die sich kerzengerade beidseitig durch unsere Innenstadt ziehen. Sie sind bestens geeignet, um von zwei rollenden Reifen befahren zu werden. Dabei entstehen laute metallene Klopfgeräusche, wie wenn die Gitter zerbrächen oder aus der Fassung springen würden. Aber Fehlanzeige. Sie sind bestens verankert, und die Menschen, die nebenan mit vollen Einkaufstaschen unterwegs sind, erschrecken immer wieder, sie schauen böse zu mir herüber, wegen des plötzlich auf sie zu rollenden Geräusches. Aber jetzt kommt es! Jene harmlosen Gitter sind Gegenstand eines neuen – warum soll man es nicht so nennen? – Weltrekordes! Wahrscheinlich jedenfalls. Es ist schwer nachprüfbar, zugegeben. Aber ich habe einen siebten Sinn für derartige Rekorde. Ich habe nämlich just in diesem Augenblick die 300 Meter lange Gitterlinie durchgehend, das heißt ohne auf den Pflasterstein abzudriften, befahren. Ein Balanceakt - nennen wir es ruhig eine Fertigkeit, ein Kunststück - das mir so noch nie gelungen ist. Gehen wir einmal großzügiger Weise von im Moment zehn Milliarden Erdbewohnern aus. Ziehen wir davon ab: Kleinkinder, Senioren, und solche, die sich leider kein Bike leisten können, aber auch die Abertausenden, die sich ein Leben lang auf vier Rädern fortbewegen müssen. Bedenken wir dann noch, dass es derartige Metallgitter nicht in allen Städten gibt, bleiben – nach grober Schätzung - zehn Millionen An-wärter auf den begehrten Rekord. Nun aber ernst-haft: wer auf der Welt würde so akribisch, wie ich es eben getan habe, mit solchem Ehrgeiz, fast besessen, ein 300 Meter langes Gitter passieren und es am Ende auch noch, ohne abzudriften, bewältigen? Verbleiben vielleicht noch 10.000 flotte Burschen, in der Haupt-sache Teenager, die für diesen Ritt in Frage kämen. Betrachte ich dann noch die Eistüte, die ich in meiner Rechten samt dem Lenker halte, bin ich zumindest unter den ersten Hundert. Und wenn ich nun noch die Eissorten in meiner Waffel dazurechne, Baggio mit Schokoladensprenkeln und Tiramisu, dann bin ich mir allerdings sicher. Ich habe soeben einen Welt-rekord aufgestellt, den so noch niemand vor mir er-reicht hat. Über ein 300 Meter langes Metallgitter, ohne aus der Spur zu geraten, in einer mittelgroßen Metropole am Feierabend, mit einer Eiswaffel in der Hand, mit den Sorten Baggio und Tiramisu. Das ist einsame Spitze, das ist Weltklasse! Ein Fall für das Guinessbuch, wenn, ja wenn sich irgendjemand auf diesem Planeten für derartig seltene und mutige Re-korde interessieren würde.

Der Italiener übrigens, der mir das Eis verkaufte, welches diesen unschlagbaren Rekord erst ermög-lichte, hat wahrscheinlich auch einen Rekord aufge-stellt, ohne es zu wissen, versteht sich. Hat schon ein-mal jemand in einer Minute fünfmal Signora zu einer alten, gebückt laufenden, schrecklich unentschlosse-nen Dame gesagt, als diese dabei war, umständlich ihre Auswahl an Eissorten zu treffen? Waffel oder Becher, Signora? Soll ich es einpacken, Signora? Macht 3 Euro 60, Signora. Vielen Dank, Signora! Einen schönen Abend, Signora! Gut, ich bin kein Italiener. Ich weiß nicht, was sich unten am Stiefel zur Sommerzeit unter der unbarmherzigen südlichen Sonne feierabends abspielt. Wie oft man dort Signora sagt, bis sich die alten Damen endlich entschieden haben. Aber für eine Eisdiele in einer deutschen Stadt war das absolut rekordverdächtig, da wird mir wohl jeder beipflichten. Und wenn ich die einmalige Erscheinung der deutschen Signora einfach dazurechne, dann kann ich guten Gewissens auch bei dem italienischen Eisverkäufer von einem Weltrekord sprechen.

Überhaupt habe ich mich beim Anstehen gefragt, wie sich mit der Erkenntnis, die längste Lebenszeit definitiv hinter sich zu haben, ein Eis essen lässt? Allen Ernstes: sieht man dann alles gelassener? Schmeckt alles noch intensiver? Lässt es sich ohne jeden Zeitdruck ungehemmter genießen? Wird man derart gelassen, wenn man das Ende wie einen Zug auf sich zu rasen sieht? Man sagt, die Zeit beginne sich im Alter zu beschleunigen. Man erlebe nur noch Bekanntes. Man lebe in immer rascher empfundenen Wiederholungen. Fühlt die Signora, die gerade im Zeitraffer ihre Eisauswahl zusammenstellte, ebenso?

Überhaupt die Zeit. Ich glaube, dass ich eine Zeitdauer sehr gut einschätzen kann. Ich denke, dass ich mit dieser Begabung (und eine solche ist es zweifellos) bestimmt zu den besten 100.000 Zeiteinschätzern auf diesem Planeten zähle. Betrachten wir nur die männlichen Zeiteinschätzer meiner Altersklasse, liege ich irgendwo unter den besten Tausend. Soviel ist sicher. Ich habe das allen Ernstes geprüft. Ich bin ohne Uhr losgezogen, habe mich abgelenkt, eingekauft, bin geschlendert, habe gelesen und dann die Zeit geschätzt. Und jedes Mal: Treffer! Abweichung: nicht mehr als fünf Minuten! Ich glaube nicht, dass es viele Personen in unserer Stadt gibt, die dieses Talent erstens besitzen und zweitens davon wissen. Mit Sicherheit komme ich unter die ersten Zehn. Und wenn ich noch ein paar Merkmale summiere (Haarfarbe, Monatsverdienst, Beruf des Großvaters etc.): wieder ein Rekord! Wo man auch hinschaut, es gibt unglaublich viele Rekorde. Sie sind zum Greifen nah. In fast jeder Disziplin. Wenn man sich darauf einlassen will.

Es hat einmal jemand behauptet, dass sich alles, was sich auf unserem Planeten abspielt und bereits abgespielt hat, auf einem anderen Planeten, irgendwo in den Untiefen des Universums, genauso (haarklein) wieder abspielen könnte. Es bestehe über einen unvorstellbar langen, kosmischen Zeitraum hinweg zumindest die Chance, dass sich irgendwo anders genau das Gleiche ereignen könne wie bei uns. Alles, alles was ich gerade erlebe und alles Vergangene, das jünger Vergangene und das ältere, der Mauerfall, ein Willy Brand, die bösen Kriege, ein Goethe und Schiller, mit jedem einzelnen ihrer Werke, ein Beethoven, Schubert und Bach, mit jedem einzelnen Ton ihrer Kompositionen, all das könnte sich auf genau die gleiche Weise irgendwo wiederholen, bis ins hinterste Detail. Ein Bismarck, der das Boot verlässt, beäugt von einem arroganten Kaiser, und ein Zeichner, der eben jene Szene festhält, sowie eine Zeitung, die es abdrucken würde, der Druck mit beweglichen Lettern müsste natürlich längst erfunden sein. Überhaupt das ganze dunkle Mittelalter, jeder Tote der Inquisition, die Entdeckungen und unzähligen Erfindungen, das römische Reich, und der Kreuzestod eines Propheten mit der bekannten Wirkung auf die nachfolgenden Jahrhunderte, all das müsste sich genauso wiederholen, wie man es uns überliefert hat. Solche Thesen sind nur schwer zu ertragen, geschweige denn nachzuvollziehen. Es grenzt an Überforderung. Und wenn es nun doch so wäre, wenn sich alles wiederholen könnte bis ins kleinste Detail? Und wenn dann dort, in diesem Irgendwo, ein mir Ähnlicher - was sage ich: ein Gleicher - existieren würde, der Zeiten gut einschätzen könnte, der beim Eiskauf von einer alten, ehrwürdigen Dame aufgehalten worden wäre, welche von einem Italiener mit einem Signora hier und Signora dort bedient worden wäre, in einer deutschen Stadt (denn auf dem fernen Planeten gäbe es natürlich auch ein Deutsches Land), und wenn dieser Doppelgänger nun auch einen Rekordversuch auf städtischen Straßengittern unternommen hätte und – jetzt kommt es! - abgeglitten wäre vom Gitter und die absolute, hundertprozentige Gleichheit des Zeitenlaufs hier und auf dem fernen Planeten dadurch vermasselt hätte. Wäre das nicht unsagbar schlimm, wenn man wüsste, dass alles wieder beginnen und sich ein weiteres Mal ebenso abspielen müsste bis zu dem Punkt wiederum, zu jener Hürde, die dann vielleicht im zweiten Anlauf von dem mir Ähnlichen endlich genommen würde? Und was, wenn nicht?

Ein Polizist steht neben seinem blauen Motorrad auf einer Sperrfläche und gibt mir ein eindeutiges Zeichen anzuhalten. Ich hätte eben mit meinem Rad eine rote Ampel überfahren. Ich wirke abwesend auf ihn, wie unter Drogen. Ich solle ihm sagen, welchen Wochentag wir hätten und wie der Bundespräsident heiße. Ob ich denn wisse, dass Träumen im Straßenverkehr letal enden könne? Danach nimmt er meine Personalien auf.

(nw, 25.09.2014)

Quatsch4.0

Das Wartezimmer ist gut gefüllt. Wir sind auf dem Höhepunkt der diesjährigen Influenza. Ich habe in der Ecke gegenüber einer alten Frau Platz genommen. Sie hat auffällig dicke Oberschenkel. Die Beine hat sie von sich gestreckt, die Hände gefaltet, die Augen hinter der Brille sind geschlossen. Von draußen dringen Baustellengeräusche in die Wortlosigkeit des Wartezimmers. Man hört ein stetiges Hämmern in immer gleichen Abständen, das Anfahren einer Maschine, eine Ladung, die - lauter werdend - allmählich ins Rutschen zu kommen scheint. Jemand brüllt: „Alle Mann weg!" Dann ein Knall, ein Aufprall, danach wieder mehrfaches Hämmern in unterschiedlichen Rhythmen.

Während die Menschen im Wartezimmer vor sich hin dämmern, bauen sie draußen eine neue Welt, denke ich bei mir. Während die Alte mit den dicken Oberschenkeln das Wartezimmermobiliar auf eine ernsthafte Probe stellt, ändert sich um uns herum alles, was wir uns nur vorstellen können, was uns seit Langem bekannt und heilig ist. Wir sind tatsächlich Zeugen, aber auch Teilnehmer eines gerade beginnenden Umbruchs. Kein Stein wird auf dem anderen bleiben. Menschen werden bald nicht mehr am Fließband stehen und den Produktionsfluss stören. Fertigungsstraßen werden ihre Produkte vollständig alleine erstellen, vom Joghurtbecher bis zum LKW.

Denn: Maschinen erzeugen hundertmal exakter, schneller und zuverlässiger, ohne Biorhythmus und Liebeskummer. Sie beginnen ihre Arbeit tageszeitunabhängig und beenden sie, wenn ihr Auftrag erledigt, wenn die gewünschte Anzahl erzeugt ist. Sie produzieren 20 oder 200.000 Zahnpastatuben, sofern diese nachgefragt werden. Und das ohne Unterbrechung, ohne eine Pause, versteht sich. Während die Alte mir gegenüber vor sich hin röchelt, denken andere darüber nach, wie der Mensch, dieses krankheitsanfällige, immerfort alternde und endliche Wesen, dieser immense Kostenfaktor vollständig aus dem Produktionsprozess eliminiert werden kann. Technisch werden wir bald in der Lage dazu sein. Industrie4.0 heißt das neue Schlagwort. Eine Entwicklung, die nicht mehr aufzuhalten ist, die über uns hereinbrechen wird, mit der Gewalt eines Naturereignisses. Die Zahl hinter dem harmlosen Wörtchen wird weiter steigen, und mit ihr unser Verdrängungsgrad, unser Rauswurf aus der Arbeitswelt.

Zufällig fällt mein Blick auf einen Aushang an der Wartezimmertür. „Praxis4.0. Wir proben die Zukunft. Helfen Sie mit." So lautet die fettgedruckte Überschrift. Das Kleingeschriebene ist von meinem Platz aus leider nicht zu erkennen. Hierfür aufzustehen erlaubt die Gruppe der Hustenden und Schnäuzenden nicht. Also gebe ich mich wieder meinen Gedanken hin.

Vielleicht forschen ja gewisse Thinktanks heute bereits an einer Art Hyperzukunft. Eine Zeit also, in der der Mensch als oberster Verantwortlicher von der Maschine verdrängt sein wird. Es geht dann nicht mehr um die Fertigungsstraße als solche. Nicht mehr um tausend Arme und Gelenke, um das funkensprühende Wenden eines Rohlings, nicht darum, ob Bleistifte oder Baukranen produziert werden. Das alles haben die Maschinen längst übernommen. Es geht um das Treffen viel höherer Entscheidungen. Ob zum Beispiel ein Werk neu gebaut werden soll und an welchem Standort. Wenn das Brain der Hyperzukunft entscheidet, dass ein Werk mitten in einer Wohnsiedlung zu errichten ist, so müssen alle Folgeprozesse wie Umsiedlung von Menschen in andere Städte (oder gar Länder) angestoßen, geplant und realisiert werden. Die Betroffenen dürfen dabei versichert sein, dass das Brain immer die bestmögliche, das heißt die humanste aller Entscheidungen, trifft. So muss es jedenfalls programmiert beziehungsweise erzogen werden. Härtefälle und humanitäre Kleinkatastrophen sind natürlich niemals auszuschließen. Angestrebt wird aber eine Minimierung dieser Fälle. Das Hauptziel der Forschung bleibt die vollständige Steuerung aller Prozesse unter Ausschluss des Menschen. Die Hyperzukunft wird deswegen sicherer und humaner sein als alles bisher Dagewesene. So wird man es uns verkaufen.

Plötzlich reißt mich ein Surren aus meinen Träumen. Die Wartezimmertür ist ein Spaltbreit aufgesprungen. Wie von Geisterhand wird sie langsam geöffnet. Ein schneemann-artiges, mülleimer-großes, blinkendes Gerät fährt in den Eingangsbereich des

Wartezimmers. Eine blecherne Stimme sagt teilnahmslos: „Frau Krause? Bitte folgen Sie mir in Behandlungsraum 5." Der Roboterkopf dreht sich dabei hin und her, wie wenn er das Zimmer nach der Patientin absuchen würde. Die alte Frau mit den dicken Oberschenkeln ist mit einem Schlag hellwach. Verwirrt schaut sie zur Tür. „Frau Krause? Bitte folgen Sie mir in Behandlungsraum 5", wiederholt die blecherne Stimme teilnahmslos. „So ein Quatsch!" ruft die Alte empört. „So einen Quatsch brauchen wir nicht!"

(nw, 07.02.2017)

Aus meiner Bio

Aulus ist tot

Aulus ist tot. Das heißt, er ist wahrscheinlich tot. Ich bin in diesen Angelegenheiten eher pragmatisch veranlagt. Dem Schlimmstmöglichen direkt in die Augen schauen. Das ist meine Taktik. Eine Art Selbstschutz. Aulus wird jetzt mit dem konfrontiert, wozu ihn die Natur geschaffen und ausgerüstet hat, was er niemals zuvor erlebt hat. Er lebt ab heute in der Wildnis. Und mir ist sofort klar, er wird keine Chance haben. Nicht die Geringste. Er wird, sollten wir ihn nicht zufällig finden, diese Nacht nicht überleben.

„Du bist ja total verrückt!" herrscht mich der Junge an, als ich ihm das eben Entdeckte erzählen muss. „Auf dich ist null Verlass! Du und dein Scheißgarten!"

Eigentlich war es nicht meine Schuld. Der Junge weiß, dass auch mir etwas an dem Hasen liegt. Ich habe ihm ja nicht absichtlich das Gartentor geöffnet. Ich war gerade dabei Äste zu schneiden und Herbstlaub zu rechen und es mit der Schubkarre nach draußen zu fahren. Dabei konnte ich doch nicht ständig das Tor öffnen und schließen. In unserem Garten ist alles eingezäunt und dicht gemacht. Aulus verbringt die meiste Zeit des Tages hier draußen. Ich hatte das Tier ganz einfach vergessen. Mir war nicht bewusst, dass ich ihm ein Schlupfloch bieten würde, als ich das Gartentor offenstehen ließ.

Immer wenn ich im Herbst diese Arbeit erledige, bin ich wie weggetreten. Gartenarbeit ist Meditation. Ich nehme die Umgebung nicht mehr wahr. Gedanken und Erinnerungen werden mir beim Schneiden, Rechen und Abtransportieren eingegeben. Ich lasse Eingebungen zu und spüre ihnen nach. Der Urlaub, das Größerwerden des Jungen, mein eigenes Altern, die ständige Wiederkehr in der Natur, dieser ewige Kreislauf. Das Ausschlagen und der Rückzug des pflanzlichen Lebens, der Winter als natürliche Barriere für viele Arten. Ähnlich unserer menschlichen Grenze, dem Tod. Während all dieser Gedanken muss das Hasenvieh an mir vorbei ins Freie gelangt sein, in einen nicht geschützten, nicht umsorgten Raum, in die freie Wildbahn. Hasen sind derart unauffällig und leise, sie geben praktisch keine Laute von sich. Sie sind eine so friedliebende Spezies. Dafür bewundere ich sie allen Ernstes. Leider stehen sie in der Wildnis mittendrin in der Nahrungskette und damit auf dem Speiseplan ihrer Feinde. Sie sind vergleichbar den Schafen, Pferden oder Kühen auf der Weide, die keiner Fliege etwas zuleide tun. Sie sind ein Segen für Mensch und Natur. Wenn alle Arten derart friedfertig wären, hätten wir eine bessere Welt. Hasen sind zu gut für diesen Planeten. Die Natur ist das glatte Gegenteil von Frieden und Eintracht. Sie kennt leider nur ein Gesetz: fressen und gefressen werden. Wohnungshasen sind für diese Wirklichkeit vollkommen ungeeignet.

„Ich links! Du rechts!" sagt der Junge im Befehlston. Es hat bereits zu dämmern begonnen. Ich habe keine andere Wahl als ihm zu gehorchen. An meinen Stiefeln kleben Erdklumpen. Der Junge trägt seine neuen Turnschuhe, Übergröße. Am Gartentor gibt es genau zwei Möglichkeiten: den Weg nach links einschlagen, da beginnt nach wenigen Metern der Wald. Wenn Aulus diese Richtung genommen hat, ist das sein sicheres Ende. Oder: den Weg nach der rechten Seite einschlagen. Mittenhinein in die Siedlung, die Überlebenschancen sind auch hier nicht erfolgversprechender. Ich gehe ein paar Schritte in die befohlene Richtung. Ein Herbstregen prasselt auf das umher liegende Laub. Da vorne ist ein Spielplatz, daneben ein Weg und neben mir die Gärten der Nachbarn. Es ist aussichtslos das Tier hier zu suchen. Nur ein Zufall kann jetzt noch das Problem lösen, das ich uns eingebrockt habe. Ich gehe wieder zurück in den Garten. Ich will diese Arbeit heute noch zu Ende bringen. Der Garten wird danach wie frisch geschoren aussehen. Wenn ich ihn die nächsten Tage von oben betrachte, werde ich wieder stolz auf meine Arbeit sein. Dieses Mal allerdings mit einem Schönheitsfehler.

Als ich bei Dunkelheit das Haus betrete, sitzt der Junge auf der Couch. Auf seinem Schoß ein zittriges nasses Bündel, Aulus genannt. „Hat er schon etwas gefressen?" frage ich vorsichtig. „Du hast sowas von keiner Ahnung", sagt er leise. Ich habe also keine Ahnung, rebelliert es in meinem Kopf. Ich habe einen Jungen gezeugt, ein ziemlich widerspenstiges Exemplar. Ich habe ein Haus gebaut und habe ein Areal von 300 Quadratmetern zu pflegen in jedem Herbst. Ich habe einen Hasen großgezogen und so ziemlich alles, was ich bisher in Angriff genommen habe, funktioniert tadellos. Aber ja, ich habe keine Ahnung. Von nichts und niemandem. So ist das also. Normalerweise verwahre ich mich gegen derartige Beleidigungen. Aber heute liegt die Sache anders. „Schön, dass er wieder da ist", sage ich und streiche über das braune Fell. „Schön, dass du ihn gefunden hast", sage ich zu dem Jungen und streife mit meiner Hand seine Schulter. Und unsere Welt scheint wieder einigermaßen im Lot: meine, die des Jungen und die des Hasenviehs.

(nw, 03.11.2012)

Opa

Eigentlich ertrage ich das Passivrauchen nicht. Ich dulde nicht, wenn Andere mich einnebeln. Ja, ich bin inzwischen zu einem fast militanten Nichtraucher mutiert. Aber ein wenig Zigarrenqualm in der Frühjahrsluft - wie heute, hier an diesem Platz - bringt mich geradezu ins Schwärmen.

Er hatte mich freundlicherweise immer wieder mitgenommen. Mich, den dürren Jungen, der dem qualmenden Hinkebein hinterher sprang oder hüpfte. Singend, auf Pflanzen eindreschend, Steine werfend. Was Opa über seine Nachkömmlinge dachte, wie er die Welt im Allgemeinen sah, was er im Krieg getrieben hatte (oder was mit ihm getrieben wurde), ich weiß es nicht. Ob er ein Kümmerer war, oder ob ich ihm einfach mitgegeben wurde auf seine Ausflüge, auf die Vergnügungstouren in die Nachbarstadtteile am Sonntagmorgen, ich habe nicht die geringste Ahnung. Ich erinnere mich weder an Dialoge noch an irgendwelche Emotionen meines Großvaters. Und dennoch habe ich Szenen, Gerüche und Geschmäcker in mir, die untrennbar mit dem hinkenden Mann verbunden sind, der meine ersten Lebensjahre begleitete.

Wenn ich Zigarrenqualm schnuppere, bekomme ich immer auch Appetit auf Bratwurst mit Senf. Dieses Bedürfnis stammt sicher von den Gemeinde- und Stadtteilfesten zusammen mit Opa. Ich vermute, dass das Kind von dem Wenigen, was Opa sich leisten konnte, zum Zeitpunkt der größten Unerträglichkeit immer eine Bratwurst bekam. Und weil Senf auch damals schon kostenlos gewesen sein muss, gab es ihn in rauen Mengen obendrauf, was Nachwirkungen bis heute zeigt. Wenn ich Senf rieche oder schmecke, bin ich wieder das kleine Kind, der Herläufer hinter dem schlurfenden Alten im Sonnenschein. Ich höre die vielen lauten Stimmen im Zelt, das Durcheinander, das Gelächter, das gegenseitige Sich-Übertönen, das der Alte geliebt haben muss. Ich höre die Blaskapelle, spüre die baumelnden Beine auf wackeligen Bänken und bin eingehüllt in den Qualm einer fetten Zigarre.

Opa verdiente sich durch Mesner-Dienste ein paar Groschen zur Rente hinzu. Gott allein weiß, wie er wirklich zur Religion stand. Opa lief jeden Tag einmal „ums Quadrat", wie er die Runde um die nahen Häuserblocks nannte. Er angelte sich noch im hohen Alter eine ähnlich betagte Gefährtin (oder angelte sie ihn?), was immer die beiden verband. Unklar ist auch, ob er das Chaos in seiner Kellerwerkstatt beherrschte oder die Unordnung ihn. Zu früh wahrgenommene Geburtstage in bereits festlicher Kleidung habe ich noch in Erinnerung, sowie den ewigen Stumpen zwischen seinen Lippen, bei allem beziehungsweise dem Wenigen, was er sprach. Auch an ein Hagelkorn, das er blitzschnell durch sein Schlafzimmerfenster ergriff und dem staunenden Jungen reichte, erinnere ich mich. Ob das der Grund ist, warum ich bei Gewitterstimmung erst richtig auflebe und nach draußen muss, kann ich nur vermuten. Unerträglich muss die Einsamkeit nach Omas Tod gewesen sein, als ein gebrochener Mann in Schränken und Schubladen nach Erinnerungen wühlte.

Ich folge mit geschlossenen Augen dem Zigarrenduft. Ich genieße, solange es funktioniert, die längst vergangene Zeit. Senf klebt an meinem Gaumen, Menschen lachen und lärmen, und ich sitze dem qualmenden Alten gegenüber, von dem ich so wenig weiß und doch so vieles in mir trage.

(nw, 06.10.2015)

Tante

Es beginnt ganz harmlos, wie jedes ihrer Telefonate. „Grüß Gott, mein Bub. Gut, dass du zuhause bist." Und dann ist da kein Halten mehr. Es folgt ein Wortschwall, eine Suada, ohne jede Möglichkeit der Unterbrechung. Ich, ihr Neffe, bin einer der wenigen, bei dem sie so richtig abladen kann. Ich bin ihre Brechtüte. Ihr Hau-den-Lukas. Tante ist ein Phänomen. Mit niemandem kann sie, niemand kann es ihr recht machen. Sie ist und war immer schon ein Ausbund an Streitsucht, und daran wird sich nichts mehr ändern auf ihre letzten Tage.

Ich sitze auf einer Parkbank mit Tablet und Mobile, Stecker im Ohr und netzwerke gerade. Das Festnetz habe ich aufs Mobile umgelegt und Tantes Gespräch, leider ohne aufs Display zu schauen, angenommen. Jetzt habe ich die Bescherung. „Ja, Tante! Ach was, Tante? Ist es wahr, Tante? Wie ungerecht, Tante!" Ich habe gerade begonnen, ein Mail zu schreiben, während Tante ablädt, auskotzt, wiederkäut.

Ihr Wohnungsnachbar, ich wüsste schon, der gegenüber eins obendran, der Hornochse mit dem Schnauzbart, habe sie um ein paar Euro betrogen. Und die alte Frau, unten im Parterre (Tante ist jenseits der 80 und spricht von alten Frauen!), verbreite Lügengeschichten und rede schlecht über sie. Den Hausmeister grüße sie nicht mehr, weil das Kellerlicht seit drei Wochen kaputt sei. Bei der Hausverwaltung habe sie gescholten wie ein Rohrspatz. Und die oben in der Dachgaube wische das Treppenhaus nicht feucht. Sie – Tante - habe das jahrelang getan, aber könne es jetzt nicht mehr wegen der Gelenke. Beim letzten Mal habe sie doch von diesem unmöglichen Hausarzt erzählt ... und so weiter und so fort.

Tante ist das glatte Gegenteil von dem, was Onkel war. Onkel konnte praktisch mit jedem. Onkel schloss Bekanntschaften zuhause und im Urlaub, einfach überall und kinderleicht. Onkel war ein Mann ohne Tiefgang, aber eine Seele von einem Menschen. Ich glaube eigentlich nicht daran, dass sich Gegensätze anziehen. Getrennte Positionen werden sich langfristig nicht vermengen. Mit einer Ausnahme: Tante und Onkel. Ich weiß nicht, wie sie es zusammen ausgehalten haben, ein Onkel-Leben lang. Onkel hat geglättet und ausgeglichen, was schiefgelaufen war. Er hat Tante erträglich werden lassen. Er stand ohne Zweifel auf der Habenseite ihres Lebenskontos. Seit seinem Tod ist Tante schwieriger, eigensinniger, unausstehlich geworden.

Tante in ihrem haushohen Alter und mit ihrer Verschrobenheit erinnert mich an Caspar David, den alten Friedrich. An jenes Gemälde, auf dem er drei Generationen vor dem Meer in Position bringt: Kinder, spielend, ganz vorne. Daneben ein strammstehender Gevatter. Von hinten langsam nahend, bedächtig, auf einen Stock gestützt, der Uralte mit der Goethe-

Kappe und dem schweren Mantel. Aus der Zeit gefallen. Kaum mehr bei den Lebenden, noch nicht bei den Toten. Schon ganz weit weg, irgendwo in der Ferne, die ihn bald verschlucken wird.

Bevor das bei Tante geschieht, will sie es allen noch einmal richtig zeigen. Der Hausverwaltung werde sie einen bitterbösen Brief schreiben (handschriftlich, versteht sich). Dem Hornochsen mit dem Schnauzbart werde sie eines Tages den Briefkasten ausleeren, und der Alten in der Dachgaube einen Eimer Putzwasser vor die Wohnungstür kippen.

Ich habe schon Nachrichten von meiner Mailbox gelöscht, ohne sie abzuhören. Ich habe unbemerkt die Straßenseite gewechselt, als sie mir zufällig entgegenkam. Ich habe ihren Achtzigsten einfach verschlafen (Geschäftsreise oder so). Aber es hilft alles nichts. Ich bin und bleibe ihr Strohhalm, ihre letzte Instanz. Eine Tante schüttelt man nicht so einfach ab.

„Äh, Tante, ich würde dann ganz gerne … Ich muss allmählich zum Schluss … Vielleicht in den nächsten Tagen … Das war's dann …" Sie schnattert einfach weiter. Sie will mich nicht hören oder verstehen. Also fahre ich die harte Methode. Gesprächsende. Abrupt. Ein Buch aus dem Regal oder eine Flasche neben dem Telefonapparat. Irgendetwas ist mir soeben auf die Gabel gefallen. Denn Telefone haben in Tantes Welt immer noch Gabeln und Wählscheiben. Und da geschehen solche Missgeschicke.

Aber Tante wird es ihrem Neffen auch dieses Mal wieder gnädig verzeihen ...

(nw, 10.06.2015)

Zum Achtzigsten

Hättest du gedacht, dass an deinem Achtzigsten ein derart trüber Wintertag sein würde? Ein Getröpfel und Schneegeriesel schon in der Frühe, ein Tauziehen, ohne rechte Entscheidung für das ein oder andere?

Ich nehme den gepflasterten Weg zu dir. Die Steine sind klitschig und abgetreten. Nicht weit von hier verläuft schnurgerade eine altertümliche Mauer. Jenseits der Mauer rollt der morgendliche Verkehr, wie eine nicht aufhaltbare Lawine. Diesseits stehen kahle Baumriesen, alleeartig aneinandergereiht, Laub liegt am Boden, Grabmale soweit das Auge reicht.

Wie hätte wohl dein 80. Geburtstag ausgesehen? Ich meine: wie hätten wir ihn gefeiert? Du wärst wie immer von oben herab zur Haustür gekommen, vielleicht etwas gebeugter, vielleicht etwas kleiner, als ich dich in Erinnerung habe. Du hättest mir deine Laufstrecke vom gestrigen Tag ausschweifend und restlebensfroh erklärt, oder aber, welche Umstände das Laufen dieses Mal wieder verhindert hätten. Wo du anschließend am Kaffeetisch gesessen hättest, wäre wie immer das Zentrum der Geburtstagsgesellschaft gewesen. Du hättest Geschichten erzählt aus alter und aus junger Zeit. In den Jungsteinzeitlichen wäre wieder einmal ich der Hauptakteur gewesen.

Geschichten, die man als junger Mensch kaum, als älterer Mensch (der ich inzwischen bin) leichter ertragen und belächeln kann, weil die Pointen schon Jahrzehnte lang im Umlauf sind. Was hätte ich dir wohl geschenkt? Ein Buch wahrscheinlich, ein politisches, dessen Einband du interessiert betrachtet hättest, und der dich zu einer kurzen Stellungnahme inspiriert hätte. Und wieder einmal hätte ich mich gefragt, ob du dein Geschenk jemals lesen wirst ...

Um mich herum stehen Steinfiguren, bärtige, lang gewandete Alphatiere aus Urzeiten scheinbar, die nach oben starren oder zeigen, auf etwas Höheres, auf eine mächtigere Gewalt. Ich sehe in Stein gehauene Stufen, die auf eine Lichtfigur zulaufen, ich sehe eine schwere Eisentür, umgeben von einem steinernen Bogen. Allegorien auf den Tod, der Versuch, etwas sichtbar zu machen, was kein Lebender gesehen hat. Ob sie uns helfen können, diese Bilder? ‚Die Liebe bleibt ewig' steht dort in Stein gehauen. Und wo ist sie, wenn auch die Liebenden verstorben sind?

Mit besinnlicher Ruhe auf dem friedlichen Hof ist es heute Morgen nicht weit her. Irgendwann müssen Herbstarbeiten auch hier erledigt werden. Welche Zeit ist da geeigneter als die Morgenstunden, wo noch kein Mensch unterwegs ist. Fast keiner. Ich laufe zu den Feldern, in denen die Steinscheiben liegen, von denen eine deinen Namen trägt. Ich zähle zwölf Scheiben in deinem Feld. Du bist weit hinten in der Reihe, einer der Erstverstorbenen in dieser Zufallsgemeinschaft. Ein paar Friedhofsarbeiter pusten mit motorisierten Laubbläsern ganze Blätterberge zusammen, die sie anschließend in Richtung Container treiben. Wie die Blätter in der Luft herumwirbeln an diesem toten Ort, es hätte dir gefallen, da bin ich mir sicher. Du hattest ein feines Gespür für derartige Gegensätze.

Ganz in Sichtweite ist dieser unerhört frech daliegende Engel. Eine Figur, die mich seit deinem Tod begleitet und die wenigen Male, wo ich hier war, immer wieder fasziniert hat. Er schläft, den Oberkörper abgewinkelt auf einer Bank liegend. Darf ein Engel sich derart aufreizend präsentieren? Und: dürfen sie überhaupt schlafen, diese schwer greifbaren, hübschen, vermutlich weiblichen Wesen? Was genau ist ihre Funktion in unserer endlichen Welt?

Irgendwo hier, auf diesen Quadratmetern, liegt deine Asche. Rechte Andacht will keine aufkommen. Vielleicht aber war der Weg hierher und die Erinnerung Andacht und mein Geschenk an dich. Draußen wartet der alltäglich stattfindende Wahnsinn. Das Laute. Das sich ständig Bewegende. Das Rollende. Friedhöfe sind Oasen der Ruhe und der Erinnerung, die man als Lebender irgendwann wieder verlassen muss, verlassen will. Ich freue mich auf heute.

(nw, 03.12.2014)

Der Riesenvogel

Es ist eine langgezogene, breite Brücke. Radwege an jeder Seite. In der Mitte: Bahnschienen. Die Brücke führt über ein Gewerbegebiet mit Produktionsstätten, mit Einzelhandel und Parkplätzen. Hier hat er gelegen, der Riesenvogel, bewegungslos, ich erinnere mich genau.

„Es ist etwas passiert!"

Ich sehe meinen Vater in seinem Arbeitszimmer, wie er am offenen Dachfenster steht, an einem sonnigen Tag, der Raum ist hell, da mit vielen Fenstern (Vater war ein Anhänger heller Räume). Am Boden die großen, beigefarbenen Fliesen, sein Arbeitstisch unter der Schräge mit massiver Platte, gegenüber ein Stehpult, und überall am Boden, auf dem Beistelltisch, auf jeder nur möglichen Ablage: Stapel von Papieren, Hefte, Fachzeitschriften, lose Blätter. Vaters Prinzip: sich ausbreiten. Seine Ordnung (soweit man von ihr sprechen kann) ging eindeutig in die Breite. Das aktuell Wichtige fand er überraschend schnell, das weiter Zurückliegende war seine Stärke nicht. Große Hektik, Selbstgespräche und ein Fluchen waren zu vernehmen, wenn wieder einmal die Steuer anstand, Versicherungen ‚vollkommen unsinnige' Unterlagen anforderten oder eine Behörde ‚absolut willkürliche' Abgabetermine festsetzte.

„Ein Flugzeug. Es könnte ein Flugzeug gewesen sein. Da hinten, schau!"

Das Dachfenster war weit nach oben aufgestellt, der Blick ging über die Dächer der Wohnsiedlung. Quietschende Schaukeln, Kindergeschrei, Rasenmäher: von hier oben nahm man die Dinge anders wahr. Wärme drang in das Dachzimmer. Und tatsächlich: weit hinten im Dunst über den Häusern stand eine Rauchsäule. Das war ungewöhnlich. Wenn ich daran zurückdenke, spüre ich es wieder, das Gefühl von Unsicherheit und Hilflosigkeit, welches das nach Orientierung suchende Kind empfunden hat. Was musste geschehen sein, wenn sogar Vater einer höheren Gewalt ausgeliefert war, die alles mit ihm, seinem Haus und seinem Arbeitszimmer hätte anstellen können? Das Zimmer hier oben war sein Rückzugsgebiet, im wörtlichen Sinn. Wenn es ihm unten im Wohnbereich mit Frau und Kindern zu viel wurde, zog er sich nach oben zurück, mit langsamen Schritten, Stufe für Stufe, Ledersohlen auf Stein, leiser werdend, ein wenig mühsam. Oben in seinem Reich saß er auf dem dunkel gepolsterten, drehbaren Bürostuhl (Vater sparte nicht am Mobiliar), thronte zwischen Papierstapeln und ersten Monitoren, studierte die damals üblichen, meterlangen Papierausdrucke und machte Notizen. Vater war einer der ersten begeisterten Programmierer. Im Sommer, wo es unter dem Dach richtig heiß werden konnte, saß er in kurzer Hose, die Beine übereinandergeschlagen, auf dem Drehstuhl lümmelnd, und las Fachzeitschriften. Auf dem Glas der Eingangstür, durch das man ihn schemenhaft ausmachen konnte, hing, was ihn aktuell beschäftigte. Am Boden, unter der Dachschräge ausgebreitet, lagen die Seiten eines neuen Lehrbuchs, an dem er gerade arbeitete.

„Zuerst ein Aufprall. Dann der Qualm. Wahrscheinlich war es ein Flugzeug."

Später bin ich mit dem Rad zur Rauchsäule gefahren. Über Schaulust hatte ich mir noch keine Gedanken gemacht. Ich wollte wissen, was geschehen war, ob Vater richtig lag mit seiner Vermutung. Es war die Zeit zwischen Schule und Ausbildung, die ich zuhause verbrachte, in der ich tun konnte, was immer ich wollte. Was verlockend klingt, war meist Einsamkeit, Langeweile, Sinnlosigkeit. Tatsächlich herrschte (irrsinnigerweise) Volksfeststimmung auf eben jener Brücke, auf der ich jetzt stehe. Weiß Gott, wo all die Leute herkamen, es muss zur Ferienzeit gewesen sein. Unten auf dem Parkplatz, neben einem Bürogebäude, lag ein toter Vogel. Vom Himmel gefallen, nach einer Kollision mit einem Vogel anderer Nationalität. Zwei Kampfflugzeuge waren sich ins Gehege gekommen, in Friedenszeiten. Vor uns lag ein qualmendes, in sich verdrehtes, hässliches Stück Metall, erstaunlich klein aus nächster Nähe anzusehen, das zwei Menschen den Tod gebracht hatte. Ich erinnere mich an einen weiteren, sehr tief fliegenden Jet, ich glaube sogar, die Piloten gesehen zu haben, die laut und scheinbar inspizierend – wie im Zeitraffer - die

Szene durchflogen, um dann mit unglaublicher Geschwindigkeit anzuheben und davonzufliegen.

Heute, Jahrzehnte später, steht der Parkplatz wieder voller Karossen, das Bürogebäude ist zwischenzeitlich renoviert. Nichts erinnert mehr an das eindrückliche Erlebnis eines heranwachsenden Jungen.

(nw, 25.09.2016)

Meine Kurse

Es ist ja so: wenn man einer Angelegenheit entgegenfiebert, und wenn man hierfür nur eine Option zulässt und so diesen Wunsch zu erzwingen versucht, dann wird meistens nichts daraus. Leider darf man das Schicksal nicht herausfordern, darf keine Optionen erzwingen. Im Gegenteil. Besser ist es, sich locker zu machen, loszulassen. Dann vielleicht. Aber auch das ist keine Garantie.

Ich führe den Mauszeiger auf „Einloggen" und klicke den Button. Genau so beginnt üblicherweise mein Erfolg. Wenn ich den Einloggen-Button drücke, steigt die Zahl der Teilnehmer. So jedenfalls ist es schon oft gewesen. Aber: worum geht es eigentlich? Es geht um Kurse, die ich einmal pro Semester an der Hochschule halten darf.

Die Kurse sind mein Leben. Da blühe ich auf, da komme ich in Fahrt. Ich kann gut mit den Teilnehmern. Ich meistere auch brenzlige Situationen mit Leichtigkeit. Ich kann beschwichtigen, ich habe ein Gespür für Unruhe in der Gruppe. War ich wieder einmal zu schnell, drossle ich das Tempo, eile von Bildschirm zu Bildschirm, von Problembär zu Problembär, ich erläutere und helfe aus. Ich beuge mich fast über den Schoß der Teilnehmer, um die Tastatur zu erreichen und auf ihren Bildschirm zu starren. Ich erfasse schnell, ich finde Lösungen in Sekunden, ich korrigiere und habe alle Teilnehmer bald wieder auf meiner Seite. „Ging der Trainer auf Ihre Belange ein?" Die Frage wird am Kursende wieder der Renner sein, der Peak, meine am besten bewertete Eigenschaft. MEINE Kurse! Eigentlich dienen sie nur der Pflege meines Egos. Sie geben verloren geglaubtes Vertrauen zurück, sie sind eine einzige Erfolgsstory. Von Berufs wegen grau und unauffällig erkenne ich mich bei den Kursen kaum wieder. Einziger Wermutstropfen: das Zustandekommen ist nicht garantiert. Es hängt von der Laune eines unberechenbaren Publikums ab. Deswegen fiebere ich jedes Semester meinen Kursen entgegen und durchlebe dabei Höhen und Tiefen.

Wir Kursleiter haben im Internet einen eigenen Zugang, wo wir die Anzahl der Anmeldungen einsehen können. Wurde die Mindestanzahl von fünf Personen erreicht? Oder liegt die Zahl darüber? Oder blinkt gar der rote Balken für die Höchstbelegung? Jeder weitere Interessent muss jetzt auf der Warteliste büßen. Alles schon da gewesen, alles schon gehabt. Meine Kurse sind beliebt! Wie gesagt, spannende Augenblicke, die über mein Wohl und Wehe entscheiden, über meine Tageslaune. Die das Zeug haben, mich zu erfreuen oder in eine Depression zu stürzen.

Die Seite mit der Teilnehmerzahl kann ich auf zwei Arten erreichen: entweder ich beginne mit dem Einloggen-Button und hangle ich mich durch die Restseiten, oder ich gebe eine Zahlenfolge ein, die mich direkt zur Kursseite bringt. Und jetzt das Verblüffende: ich habe festgestellt, dass der lange Weg mit dem Einloggen-Button der Erfolgreichere ist. Gehe ich diesen Weg, steigt die Zahl der Teilnehmer regelmäßig an.

Wenn ein Kurs stattfindet, schwebe ich in schwindelnden Höhen. Ich rede vor mich hin, ich rezitiere die ersten Sätze immer wieder, bei jeder sich bietenden Gelegenheit. Ich stelle mich vor, sehr originell gelingt mir das, so locker und luftig, wie es vor der Klasse niemals gelingt. Habe ich einen schlechten Tag, beginne ich mehrfach, wische den letzten Fehlversuch zur Seite, beginne von neuem, das Ganze schon viel fließender, mit viel passenderen Worten und neuen Späßen. Nur: vor der Klasse hast du keinen zweiten Versuch.

Wenn ich mit dem Rad am ersten Kursabend zur Hochschule fahre, gleite ich dahin, die Pedale treten sich leicht, alle Verkehrsteilnehmer sind freundlich, und auch ich bin zuvorkommend wie selten. Immer die Klasse vor Augen. Die ersten Sätze müssen sitzen, der Rest läuft dann von selbst. Wenn mich die Teilnehmer ausgiebig beäugt und sich eine - natürlich positive - Meinung von mir gebildet haben, ist das die halbe Miete. Wenn sie danach auf ihren Bildschirm starren, in ihre Problemchen vertieft, und ich zwischen den Stuhlreihen hin und her laufe und Insidertipps verteile, ist der Kurs sozusagen gelaufen. Ab dann beginnt die Kür, man könnte auch sagen, das pure Vergnügen. Jede Minute ist jetzt eine

Streicheleinheit für die Seele. Ein Auffüllen der Habenseite für Zeiten ohne Kurs, wenn ich wieder schmachtend auf dem Trockenen sitze.

Heute allerdings passiert Seltsames. Obwohl ich den Einloggen-Button gedrückt habe, will sich die Teilnehmerzahl nicht erhöhen. Sie hält sich hartnäckig bei fünf Personen. Das ist dünnes Eis. Wenn nur ein Ungebildeter abspringt, platzt der Kurs und es wird vier lange Gesichter geben und ein ultralanges dazu: MEINES! Zu doof, dass man in Zeiten des Internets nach Lust und Laune absagen kann. Verbindlichkeit war einmal. Die Großzügigkeit der anderen Anbieter ist die Messlatte. Wer nicht mitmacht, ist im Nachteil. Deswegen sind Absagen bis Kursbeginn möglich. Mit der Folge, dass Kursleiter wie ich regelmäßig durch die Hölle gehen, bis alles entschieden ist.

Am späten Nachmittag schaue ich noch einmal ins Internet. Mist! Gleich zwei Angemeldete haben zurückgezogen. Die Mindestanzahl ist futsch. „Sie haben sich sicher auf Ihren Kurs gefreut." So wird die Hochschule per Mail zu beschwichtigen versuchen. Ich kenne das. Der Abend ist eine Mischung aus Trauerarbeit und Hoffnungsschimmer. Da draußen lauern – immer noch – potentielle Interessenten. Die Spätberufenen, die krankhaft Unentschlossenen. Vielleicht entschließt sich ja heute Abend noch ein kleiner Familienbetrieb für eine Schulungsmaßnahme: zwei Auszubildende, ganz spontan, im letzten Augenblick.

Ich werde es einfach erzwingen. Ich werde morgen in aller Frühe aufstehen, den PC einschalten und ich werde den Einloggen-Button drücken und nicht die Zahlenfolge eingeben. Das ist die letzte Patrone in meiner Trommel, der letzte Pfeil im Köcher. Morgen früh, wir werden ja sehen.

(nw, 02.06.2018)

Zeitfracht Medien GmbH
Ferdinand-Jühlke-Straße 7
99095 Erfurt, Deutschland
produktsicherheit@kolibri360.de